消えた御世嗣

剣客奉行 柳生久通 3

藤 水名子

時代小説

二見時代小説文庫

JN090939

目次

序　7
第一章　内《うち》与力　19
第二章　義賊《蜻蛉《かげろう》小僧》　67
第三章　そこで待つもの　118
第四章　真相　171
第五章　陽炎《かげろう》のように　222

消えた御世嗣《およつぎ》——剣客奉行 柳生久通《ひさみち》 3

序

※

しゃッ、
一瞬の出来事だった。
久通《ひさみち》の竹刀《しない》が空《くう》を斬り、両腕がむなしく虚空《こくう》を泳いだ。
その刹那《せつな》、
ぴしぃッ、
隙だらけの久通の小手を、家基《いえもと》の竹刀が容赦なく打った。
(痛《いた》ッ)
思わず息を呑み、ひと呼吸おいてから、

「お見事でござる、若君！」

久通は夢中で口走った。

歓びのほうがより多く体じゅうを満たしている。

「いや、わざと隙を見せたのであろう、玄蕃《げんば》」

だが家基は苦笑しつつ、

「そうでなければ、そちが易々《やすやす》と不覚をとるわけがない」

至極冷静に述べた。

些《いささ》か年齢不相応な、大人《おとな》びた口調である。

「いいえ、断じて、そのようなことは――」

久通は慌てて言い募る。

「いまの一本は、見事な『切落《きりおとし》』にございました。それがしの不覚もありましょうが、それ以上に若君の技が優《まさ》ったのでございます」

「それはまことか？」

家基はなお疑いの眼差しを久通に向ける。

「はい」

久通は小さく肯《うなず》いた。

「天地神明に誓って、まことでございます。近頃若君の上達ぶりには、この玄蕃、ただ感服いたすよりほかございません」

些か大袈裟な言い方をしたが、決してお世辞でも追従《ついしょう》でもなく、家基の腕前は目に見えて上達している。

現に、このところ、五本に一本……いや、油断をすれば三本に一本は、打ち込まれるようになっていた。

（このままでは、若君に免許を差し上げねばならなくなるぞ）

内心青ざめる思いで、久通は稽古をつけている。

もしそんなことになれば、久通は将軍家のご世嗣《せいし》を、剣客《けんかく》にするつもりかと、守役《もりやく》か老中あたりからきつく咎《とが》めを受けるかもしれないが、久通が案じているのはもとより己の身の安泰などではない。

家基自身のことである。

家基の、剣へののめり込み方は、正直久通の想像を遥かに超えていた。

久通との稽古だけでは飽きたらず、朝晩の素振りを一日とて欠かさない、とのことだった。

「己《おの》が身を護る術さえ身につけられれば、それでよいのです」

重ね重ね久通は言い聞かせていたが、家基は一向に聞く耳を持たず、剣の道にのめり込む一方である。

「何故そこまでご精進《しょうじん》なさいます？　若君は将軍家のお世継ぎにございますぞ」

一度、きつい口調で諫《いさ》めるように言ったことがある。

「…………」

家基はしばし悲しげな様子で沈黙してから、

「だからこそ、なのだ」

重い口を開いて訥々《とつとつ》と述べた。

「二代台徳院《だいとくいん》様の逸話は有名であろう」

「は？」

「二代様は、元々鼓《つづみ》を好まれ、お世継ぎの時代には能く嗜《たしな》まれたが、将軍の座を継いで以降は、鼓に触れられることもなくなった、という。……将軍は、己の好きなことをしてはならぬのだ」

「…………」

「それ故余は、いまのうちに思う存分好きなことをする。悪いか？」

「そ、それは……」

久通は容易《たやす》く困惑した。

日頃は年齢不相応に落ち着いている家基が、珍しく駄々《だだ》っ子《こ》のような口をきいたのだ。

「将軍になるまでの、束の間の楽しみぞ。それすら禁じられねばならぬのか？」

「いえ、それは……」

口ごもりつつも、久通は懸命に言い募った。

「しかし、何事にも限度というものがございます」

「よいではないか。そのせいで、学問をおろそかにしているわけでもあるまいし」

「それはそうでありましょうが――」

久通は納得せぬわけにはいかない。

学問の師匠である大学頭《だいがくのかみ》から、話は聞いていた。四書五経は元服前に修めてしまい、最早《もはや》教えることも殆《ほと》どない、とのことだった。

「のう、玄蕃――」

困惑して黙り込んだ久通に対して、家基はつと口調を変えた。

「以前そちは、将来将軍となる身の余に、攻撃のための剣は不要。己が身を護る術さえ身に着ければそれでよいのだ、と言った」

「はい」

「だが、剣だけで己が身を護れるほど、どうやら、将軍の座は容易いものではないようだ」

「え？」

「いや、なまじ剣が使えることで、逆に敵を招き寄せることもあるのではないか？」

「…………」

家基の問いに答えることができず、久通はただ口を閉ざしていた。家基の問いの意味がわからぬでもなかったが、一介の剣客にすぎぬ久通には、家基を満足させるだけの言葉は到底《とうてい》述べられそうになかった。

おそらく家基は、剣を争いの象徴としてとらえ、この世に剣を好む者がいなければ、無益な争いが起こることもないのではないか、と問うている。

そのとおりだと、久通も思う。

だが、久通は剣客だ。剣の家に生まれ、剣にて身を立てるためにこそ、これまでの彼の人生はあった。それを否定することは、即《すなわ》ち己自身を否定することになる。

また、剣があるから禍《わざわい》を招き寄せることになるのではないか、と思うならば、何故家基は、斯《か》くも剣の修練にのめり込むのか。完全に、矛盾《むじゅん》しているではないか。

「すまぬ、玄蕃、つまらぬことを言った」

久通の混乱と苦衷《くちゆう》を容易く察したのだろう。家基はやがて朗《ほが》らかな声音《こわね》で言い、

「さ、稽古を続けてくれ、玄蕃」

言うなり再び竹刀を構えて久通に相対した。

久通は、もうそれ以上言葉を発する必要がなくなったが、このときの家基の問いかけは、彼の中に長らくとどまり、その問いに明確な答えを出さなかったことは、久通にとって終生の悔恨となった。

※　※

満天の星空であった。

「いまにも吸い込まれそうだな」

星空を見上げながら、家基が言った。

「はい」

久通も同意する。

「斯様《かよう》に見事な夜空は、それがしもはじめてでございます」

「余もはじめてだ」

「え？」

「こんな時刻に城の外に出るのは――」

家基の言葉に、久通は漸《ようや》く我に返る。

将軍家のお世継ぎを、いくら本人の希望とはいえ、城の外へ連れ出したりすればばただではすむまい。

しかし久通は、家基の頼みを聞いた。最悪の罪を覚悟してのことに相違なかった。

「こうしていると、己が誰なのかも忘れてしまいそうだ」

瞳を輝かせて星空を見上げる家基の、活き活きとした少年の横顔が見られただけで充分だ、と久通は思った。

将軍家後継という己の身分も立場も忘れ、少年の瞳に戻れるひとときを彼に与えられたなら、それだけで、命を賭《と》すだけの価値がある。

「相変わらずだの、玄蕃」

家基が、さも可笑《おか》しそうに含み笑う。

明るい表情だが、久通にはあまり馴染《なじ》みがない。

（おかしいな）

さすがに久通も途中で妙だと気がづいた。

家基を城から連れ出し、星月夜《ほしづくよ》の下でともに語らったことなど、一度でもあったろうか？　いや、ない。ある筈《はず》がない。

(そうか。これは夢だ)

と気づいたとき、

「今頃気がついたのか、玄蕃」

久通の心中を見抜いたかのように家基は言い、クスリと笑った。

「若君」

「もう、若君ではないぞ」

「え？」

久通は驚いて相手を見返す。

「どうだ。若君というほど、若くはあるまい」

と言われて漸《ようや》く気づく。そこにいるのは、久通の知っている十七歳の家基ではなかった。

「どうだ。余も、立派になったであろう」

「…………」

どう見ても二十代半ばの青年がニコニコ笑っている。

「若君?」

「そちは少々老《ふ》けたのう、玄蕃」

「仕方ありませぬ。それがしはもう歳《とし》でございます」

「いや、そちもまだ充分に若いぞ、玄蕃」

「たったいま、老けた、と仰《おお》せられたではありませぬか」

「そちは愚かじゃのう。剣以外、なにも取り柄がないようだ」

(ひどいことを言う)

夢と知りながらも、久通は内心憮然とした。

年齢不相応に大人びて、ときに十七歳の少年とは思えぬ発言をする家基ではあったが、あからさまに人を傷つけるような言葉を吐くことなど終《つい》ぞなかった。が、いま目の前にいるのは久通の夢の中の家基であり、現実の家基ではない。

否、久通の知る家基とて、あのまま何事もなく成長していれば、或いは久通の知る家基とは多少違う人間になっていたかもしれない。

(ときは、人を変えるというからな)

などと思いつつ、

「若君は、いまはなにをしておいでです」

ふと久通は大人になった家基に問うた。我ながら、愚かな問いだと承知しながら。

「余は、いまは好きなことをしておる」

笑顔を絶やさず、家基は応えた。

「お好きなことを？」

「ああ、剣の稽古をしたり、遠乗りに出たり、こちらでは好きなことをし放題だ」

「左様でございますか」

「だが、一つだけできぬことがある」

「それは……」

なんでございます、と訊き返そうとしたとき、つと目が覚めた。

床の中で反射的に身を起こすが、まだ夜は明けきっていない。脇腹のあたりにじわじわと生温かい感触がするのは、そこに雪之丞《ゆきのじょう》が潜《もぐ》り込んでいるからだろう。

(あれは、道灌山《どうかんやま》だったのかな)

思うともなく、久通は思った。

夢の中で家基と一緒に星空を眺めていたのはどこだったのか、懸命にその場所を考えてみた。道灌山か飛鳥山《あすかやま》か。似たような場所ならいくらも知っているのに、それらの何処でもないように思える。

当然だ。そんな場所はこの世の何処にも存在しない。勿論《もちろん》、生前の家基とともに夜間城を出て、道灌山に行ったことなど一度もない。その場所は、ただ久通の胸の裡《うち》にだけ存在するのだ。

それにしても、何故そんな夢をみたのだろう。

（若君、さぞかし怒っておられるのだろうな。だから夢枕に現れて、俺を叱咤《しった》なされたのだろう）

そうとでも思うよりほか、久通には到底救いがなかった。

第一章　内《うち》与力

一

「半兵衛《はんべえ》殿、ちとよろしいか？」
その男に呼び止められた瞬間、半兵衛はあからさまに顔を顰《しか》めた。
と同時に、
（きたか――）
と内心覚悟を決める。
相手は、風間市右衛門《かざまいちえもん》。
一昨日、内《うち》与力と名乗って突然柳生《やぎゅう》家に現れ、そのまま役宅内に住み着いた男だ。
齢《よわい》は四十がらみ。或いは、久通より少し上くらいかもしれない。

顔立ちはいたって平凡で、もし仮に奉行所の同心であれば、捕り物の場に出向く廻り方というより、終日御用部屋で書き物をしたり、算盤《そろばん》をはじいているのが似合いそうな風貌であった。

要するに、武士よりは、商家の手代でもしているほうが余程相応《ふさわ》しく見える容貌の主ということだ。

なのに、仕立てのよい仙台平《せんだいひら》の袴《はかま》に黒紋付きの羽織という、屋敷の主人ともさほど変わらぬ正装である上、物腰挙措《きよそ》から言葉遣いにいたるまで、どこから見ても立派な武士である。

着古した軽衫《カルサン》姿で庭の掃き掃除をしている己とは、なにもかも、天と地ほども違っていた。

それ故まともに相対すると、半兵衛は些《いささ》か気後《きおく》れする。

「な、なんでしょうか、風間様」

「帳簿を見せていただけるかな？」

だが、半兵衛の心中などは知る由もなく、無表情に風間は問う。

「え？」

「帳簿でござるよ」

「ちょ、帳簿とは？」

　完全に虚を衝かれた顔で、半兵衛は困惑する。

「金銭の出し入れを仔細に記した帳面でござるよ。当家の差配は、すべて半兵衛殿がなさっておられるのでござろう？」

「それは、その……まあ、そうですが」

　半兵衛は容易《たやす》く口ごもる。

　確かに、柳生家の家宰《かさい》として、家事一切を取り仕切っているが、元々先々代の頃から長く中間《ちゅうげん》として仕えてきた。実直な働きぶりを見込まれ、先代のとき用人に取り立てられたが、そもそも一家を宰領する素養などはない。

　久通は若くして当主を継いだこともあり、家の中のことはなにもかも半兵衛任せであった。

　もとより、余計な口出しなど一切しない。半兵衛は誰に気兼ねすることもなく、若い中間や下働きの者たちを好きに使い、家の中を取り仕切ってきた。

　主人の久通でさえもが、金の出入りについて細かくあれこれ穿鑿《せんさく》したりはしない。

　当然、日々の出納《すいとう》を、いちいち帳面に記す、などという面倒なことは一度としてしたことがなかった。

風間が言うところの、金銭の出入りを仔細に記した帳簿などというものは、残念ながら存在しない。

「いかがなされた？」

答えぬ半兵衛に向かって、風間は更に問いかける。

「帳簿は…ございませぬ」

仕方なく、半兵衛は答えた。悪びれることなく答えると、腹が据《す》わった。

「それがなにか？」

寧《むし》ろ、開き直って逆に問い返した。己には、主人からすべてを任されている、という自負がある。昨日今日当家に来た者に、とやかく言われる筋合いはない。だが、

「は？」

これには風間のほうが当惑した。

「ない、とは？」

顔つき口調が、少しく険《けわ》しくなる。

「…………」

「どういうことでござる？」

「ですから、帳簿のようなものは、はじめからないのでございます」

「…………」

沈黙がちの風間の反応を、己の勝利と半兵衛は確信した。それ故言葉も、易々《やすやす》と口をつく。

「それがし、一介の中間あがりにて文字にも算盤にも暗く、ただ見様見真似にて家事をいたしてきた次第にござる」

「…………」

風間は、半ばあっけにとられて半兵衛を見返していた。まさかここで開き直られるとは、予想だにしなかったのだろう。

しばし考え込んでから、

「しかし、金銭については、半兵衛殿が一切《いっさい》任されているのでござろう？」

半兵衛の反応を伺うように、風間は問う。

「はい。殿からお預かりした金子《きんす》の中から必要なものを買い求め、残ったものはそれがしの一存で貯えております。……ただ、それだけのことでござる」

「ならば、その買い求めたものの金額を書き留めておくだけでも、よいではござらぬか」

「え？」

「簡単なことでござるよ。先ず、殿からお預かりした金子の額を書き留めておき、あとは出費の――なにか買い求める度《たび》に、その金額を記しておけば、手許《てもと》にいくら残っているか、一々勘定せずともすぐにわかり申す。如何《いかが》かな？」

「い、如何とは？」

「帳簿は、あればなかなか便利なものとは思われませぬか？」

「………」

宥《なだ》めるような口調で風間に問われ、半兵衛は容易く口ごもった。

風間の言うことはもっともで、反論の余地は全くなかった。

一方、風間には風間の思惑がある。

昨日は挨拶だけすませ、丸一日役宅内を仔細に観察した。半兵衛の様子を半日観察するだけで、この家が、如何《いか》にいい加減などんぶり勘定によってまかなわれているかがわかった。

とどめは、今朝方台所で、出入りの八百屋と魚屋に金を払う際の、半兵衛と商人たちのやりとりである。あろうことか半兵衛は、品物の単価と数をろくに確かめもせず、相手の言い値を唯々《いい》として支払っていたのだ。

（よいのか、それで？）

風間は甚《はなは》だ呆れ返った。

もし数の確認をしないのが日常茶飯事であるならば、相手はいくらでも誤魔化《ごまか》すに違いない。はじめのうちは一つ二つ誤魔化し、バレぬとわかれば、三つ四つ、五つ六つと、際限もなく誤魔化すだろう。それが商人というものだ。

だが風間は、その場でそれを指摘することを避けた。もしその場で指摘して、

「当家に長年出入りしている者たちでござる。昨日今日当家に来た貴殿にとやかく言われる覚えはない」

と開き直られてしまったら、元も子もないからだ。

内与力に与えられた権限は少なくないが、それでも古参の用人がいる家に入るには、それなりの苦労がある。

兎《と》に角《かく》、老用人の顔を潰《つぶ》さぬようにことを運ぶのが最善の道だ。

それ故風間はその場で指摘せず、更に無言で見守った。見守るうちに、半兵衛が金銭出納のための帳簿を一切つけずに金銭の出し入れをしていることを確信した。

それ故、

「帳簿を見せてほしい」

と言いながら、帳簿など存在しないことを、風間ははじめから知っていた。

知っていて、敢《あ》えてそれを要求した。半兵衛が混乱し、狼狽《ろうばい》するであろうことは想定の範囲内であった。

「如何でござろう、半兵衛殿、今後は、帳簿をつけられたほうがよいとは思われませぬか？……多少面倒ではあろうが、一度紙に記せば金輪際《こんりんざい》消えることはない。金銭の出入りが一目《ひとめ》でわかるようになり申す。そして、金銭の出入りがはっきりすれば、如何ほどの金子が手許に残っているかがすぐにわかる。……そのほうが、急な出費の際にも都合がよいとは思われませぬか？」

「…………」

猫に追いつめられた鼠《ねずみ》の心地で、半兵衛は口を噤《つぐ》んでいた。風間を見返すその目の中には、

（いやな奴だ）

という嫌悪がありありと滲《にじ》んでいる。

柳生家――いや、まだ村田《むらた》姓を名乗っていた頃からこの家に仕えて五十年余。半兵衛にとって、この家はまさに極楽であった。

とりわけ、先代の久隆《ひさたか》が急死し、久通が僅か十二歳で家督を継《つ》いでからというものは、恰《あたか》も屋敷の真の主人であるが如く心得、そうふるまってきた。もとより、彼の前

に立ちはだかる敵など、一人《いちにん》とていない。

そんな半兵衛の前に、はじめての敵が出現した。それも、まるで勝負にならぬほどの大敵が――。

（致し方あるまい）

半兵衛は、あっさり観念した。

よい歳をして、息子ほどの年齢の者と張り合っても仕方ない。

「風間様」

口調を改めて、半兵衛は述べた。

「手前は、ご覧のとおりの老年でございますれば、いまから新しいことをはじめるのは、正直しんどうございます。……年寄りは、長年積み重ねてきた習慣を続けてゆくのが精一杯でして……」

「半兵衛殿？」

風間が内心訝《いぶか》ったほど、このとき半兵衛の表情にも口調にも、およそ躊躇《ためら》いも気後れも感じられなかった。

「それ故、斯様《かよう》なことは、向後《こうご》内与力たる貴方様にお任せいたします故、どうか、ご存分になさってくださいませ」

いっそ、清々《すがすが》しいまでの爽やかさで言い、一礼すると、半兵衛は風間に背を向けた。それまでしていた、庭の掃き掃除を続けるためにほかならなかった。

待ち望んだ言葉を、易々と与えられた風間は、一瞬間呆気《あっけ》にとられたものの、その後得たりとばかりにほくそ笑んだ。

半兵衛から、

「向後は貴方様にお任せいたします」

という言質《げんち》さえとってしまえば、あとはどうとでも好きにできる。それが風間の思惑であった。

帳簿をつけるよう進言してみて、「では、やってみましょう」と半兵衛が答え、実際やろうと試みた場合には、もっと難題をもちかけて、そのやる気を削《そ》ごうと考えていた。

無用の策略を用いずに済んだことを、風間は手放しで歓んだが、残念ながら半兵衛は、彼が思うほど生易《なまやさ》しい老人ではなかった。

正攻法でかなわぬ際の反撃の仕方なら、老人は、残念ながら知り尽くしているのである。

二

「お暇《いとま》をいただきとうございます」

と言う、唐突な半兵衛の言葉を聞いた瞬間、

(おお！)

久通は思わず口中《こうちゅう》の飯を吐き出しそうになった。

(それは重畳《ちょうじょう》！)

驚きよりは、歓びのほうが遥かにまさる。それ故、満面に滲む喜色をひた隠し、言葉を呑み、咄嗟《とっさ》に無表情を装った。

しかる後箸《はし》を止め、手にした飯茶碗も膳に戻した。

「なんだ、藪《やぶ》から棒に――」

「殿には最早《もはや》、半兵衛は必要ないかと思われます故――」

(そのとおりだ！)

とは言えず、久通は口を閉ざしている。

何《いず》れ半兵衛からそのような訴えがあろうことは、充分に予想できていた。

が、そんな愚痴《ぐち》にいちいちとりあっていられるほど、久通も暇ではないし、余裕もない。

「暇をとるのはよいが、行くところはあるのか？」

「…………」

身も蓋《ふた》もない久通の冷ややかな問いに、半兵衛は絶句した。

半兵衛の目論見《もくろみ》では、「お暇を」と口にした瞬間久通の顔色が変わり、継いで、

「ならぬッ、ならぬぞ、半兵衛!! 当家を去るなど、断じて許さぬッ」

と、激しい口調で引き止められるものと、思い込んでいた。

が、実際の久通の反応は彼の予想とは全く違っていた。

(なんと、若！ この半兵衛を、老い耄《ぼ》れ扱いなされるか)

半兵衛は絶望した。

久通のことなら、彼が物心つかぬ時分から、我が子も同然と思ってきた。それだけの思いを込めて仕えたつもりだ。それは充分久通にも伝わっているものと思い込んでいた。

ところが、半兵衛が勤めを辞め、当家を去るということを、久通は一向意に介さない。

「行くところがなければ、このまま当家にいるがよいぞ、半兵衛。そちは、長年当家に仕え、家族も持たぬ故、当家を辞しても行くところがあるまい。何処かに縁者がおるなら別だが――」

「…………」

「確かにそちはもうよい歳だ。いつまでも矍鑠《かくしやく》としておるからといって、死ぬまで働かせてよいわけがない。……そうじゃ。此度《こたび》風間が来たのもよい潮《しお》だろう」

「あ、あの、殿……」

「これより後は、ゆるりと余生を過ごすがよいぞ、半兵衛。なにしろそちは、俺にとって身内も同然の者だからな」

「い、いえ、殿、それがしは……」

「本当に風間はよいときに来てくれた。風間を紹介してくれたご老中には改めてお礼を申し上げねば――」

「殿！」

何度目かの半兵衛の呼びかけに、さすがに久通は辟易《へきえき》した。

「よいから、もう下がれ、半兵衛――」

「え？」

食べ終えた夕餉《ゆうげ》の膳を彼の前へと押しやりながら久通は言い、半兵衛を更に戦《おのの》かせた。

「膳を下げたら、そちはもう、あがってよいぞ」

「………」

「もう半刻もすれば、和倉《わくら》と荒尾《あらお》が役宅に来る」

「え？　和倉様と荒尾様が？」

「たまにはうちで一緒に酒を呑もう、と誘ったのだ。こき使ってばかりいては、嫌われてしまうからのう」

「なんですと！　聞いておりませぬぞ！」

半兵衛は忽《たちま》ち顔色を変える。

「仕度が間に合わぬではありませぬか」

「仕度など要らぬ」

突き放すように冷ややかに述べる久通の顔を、

「殿……」

呆気にとられて半兵衛は見返す。

「風間には伝えてある」

「え？」

「風間には、なにか気の利いた仕出しでも買ってくるよう頼んだ。それに、酒の仕度もな——」

「…………」

「よいか、半兵衛。風間には、今後内与力として、当家の一切を取り仕切ってもらうことになる。妙な対抗心など起こさず、すべて、風間の指図に従うのだ」

「そんな……」

半兵衛は一瞬間呆気にとられ、しかる後悄《しよう》然《ぜん》と項垂《うなだ》れた。

久通とのつきあいは長い。幼少の頃から世話をし、先代・久隆亡き後は、父親代わりのつもりで接してきた。

それ故、目を見ればわかる。これ以上、なにを言っても彼が心を動かすことはない。

それがいやというほどわかってしまうと、半兵衛は最早引き下がるしかなかった。

一方、半兵衛の魂胆など、久通にははじめからお見通しである。

「お暇をいただきたい」

などというのは久通に対する彼なりの脅しで、そう切り出せば、久通が慌てふためくとでも思っていたのだろう。

久通を慌てさせ、己を引き止めるように仕向けた上で、風間に対する己の権限を久通から保証して貰おうと考えたのだろう。

が、半兵衛の思惑はものの見事にはずれてしまった。

半兵衛の意図を知りながら、久通はそれを無視した。自らも口にしたとおり、ちょうどよい潮だと思ったのだ。

以前の柳生家は憐れなほどの貧乏旗本だったが、北町奉行に昇進したことで、家禄を五百石ほど加増された。

最早、見様見真似で家事を取り仕切ってきた老人にどうこうできる家ではなくなった。

半兵衛はこれまでどおり、自力でどうにかできると思っていたようだが、現にできてはおらず、様々な綻《ほころ》びが生じはじめていた。

奉行の役宅には、そもそも出入りの商人がおり、彼らとの交渉一つにしても、半兵衛一人では覚束《おぼつか》ず、奉行所勤めの長い筆頭与力の和倉藤右衛門《とうえもん》の手を煩《わずら》わせる始末であった。

しかし、和倉はあくまで奉行所勤めの者であり、柳生家の内与力ではない。いつまでも家の中のことで手を借りるわけにはいかない。

（何《いず》れ、誰か雇い入れねばなるまいな）

と思っていた矢先、ときの老中・松平定信《まつだいらさだのぶ》から、

「今後はこの者を内与力として使うがよい」

と直々《じきじき》につかわされたのが、風間市右衛門であった。

「風間は、長く武家屋敷に奉公しておるから、金の管理から家事全般まで、なんでもそつなくこなすであろう。……それに、こう見えて、剣も槍もそこそこに使える。武士に必要な素養はひととおり身につけている」

「恐れ入ります」

定信の言葉を受けて下座で恐縮するその様子を見る限り、およそ剣の達人のようには見えなかったが、

（おそらく、御庭番だろう）

と久通はにらんだ。

久通とは長い馴染みの蕎麦《そば》屋の源助然《げんすけしか》り。

一見して隙がなく、物腰所作にも常に緊張感が漲《みなぎ》っているような者には、およそ御庭番は務まらない。

何の変哲もない日常の中にすんなりとけ込み、誰にもなんの疑問も抱かせないような、そんな者だけが務まるのだ。

御庭番を久通の役宅に送り込むのは、定信なりの考えがあってのことだろう。

それについては、久通は一切余計な詮索をするつもりはない。

十年近くも、源助を使って久通の身辺を警護してくれていた定信のことだ。久通のためにならぬことはしない。

風間もまた、なにか定信の密命を承《う》け、柳生家に来たのであろう。

それがどんな密命なのか、問うてみたい気持ちはやまやまだったが、定信に見込まれるほどの御庭番であれば、易々と話してくれる筈もない。

それ故久通は、風間にはなにも訊ねなかった。だが、

(何かあるなら、俺にも話してくだされればよいものを――)

と、些《いささ》か淋しく思わぬこともない。

複雑な政治がらみの事情であれば、話してもらったところで、久通には如何《いかん》ともし難い。定信にもそれはわかっていようから、ただ「内与力としてこの者を使え」と命じるだけにとどめたのかもしれない。

何《いず》れにせよ、久通には物事を必要以上に深読みする癖《へき》はない。

定信からつかわされた風間市右衛門は、どうやら久通の想像以上に有能であった。

「そうそう、うっかり言い忘れるところだったが、風間には、もう一つ意外な特技があってな。……ふふ、そちには嬉しい特技であるぞ。楽しみにせよ」

と、去り際意味深《いみしん》に言い残された定信の言葉の意味も、ほどなく知れた。

風間は、どうやら御台所方を勤めた経験もあるらしく、料理のほうもかなりの腕前であった。江戸育ちである久通の好みとは少々違うが、上品な京風の味つけで、魚の焼き加減なども絶妙であった。

(半兵衛には、到底太刀打ちできぬな)

風間が役宅に来たその翌日の朝餉《あさげ》を、しみじみ美味《うま》いと思って食しながら、久通は思った。

旗本の家禄の基である蔵米《くらまい》は、札差《ふださし》に手数料を払って米俵《こめだわら》を屋敷まで運んでもらうか、そっくり換金してもらうことになる。

その際、海千山千の札差と渡り合うのは、その家の家老――或いは、それと同等の権限を有する家宰、用人たちだ。万一交渉を誤れば、米は安く買い叩かれ、大損をすることになる。

そんな重大な交渉を、不慣れな半兵衛一人に任せられるわけがない。

久通の悩みのすべてを引き受けるかの如く、この上なくよい機会に、風間が来た。

今回の定信の配慮に対して、もとより久通には感謝しかなかった。

しかし、半兵衛もそのまま泣き寝入りするほどしおらしい老人ではない。

久通から、家の中のことは万事風間に任せよ、と言い渡されたその翌日から、半兵衛は本当に長屋の一室に引き籠もり、なにもしなくなってしまった。

「おい、半兵衛、雪之丞の餌はどうなっておるのだ？」

久通はたまらず長屋の外から声をかけたが、返事はない。

「おい、聞いているのか？　雪之丞が腹を空かせて鳴いているのだぞ。雪之丞を飢え死にさせるつもりか、半兵衛？」

「存じませぬ」

「なに？」

執拗に呼びかけた言葉に対する半兵衛の返答に、久通は絶句した。

「風間殿に、お言いつけになればよろしかろう」

「馬鹿を言え。風間にそのようなことを言いつけられるか」

「何故でございます？」

「…………」

「それがしは、殿のお身のまわりのお世話から、雪之丞の世話まで、この家の中の用事であれば、なんでもいたしてまいりましたぞ」

「そ、それは……」

「向後は、家の中のことはすべて風間殿にお任せになるのでございましょう。それ故それがしは、お暇を頂戴いたしました。残る余生、ゆるりと過ごさせていただきます」

「し、しかし、風間は当家に来てまだ日も浅い」

「それが何か？」

「まだまだ勝手のわからぬこともあろう。そちがおらねば……福次《ふくじ》らでは、ものの役に立たぬぞ」

「存じませぬ」

「おい、半兵衛ッ！」

「風間殿ほどの御方であれば、まだ日の浅い、勝手のわからぬ家であっても、充分にご差配なされましょう」

板戸の奥から聞こえる半兵衛の口調も声音も、どこまでも冷ややかで、とりつく島もないものだった。

「雪之丞のことはどうでもよいのか？　雪之丞は、見知らぬ者には容易に懐《なつ》かぬ。……馴染みなき者が家に来たせいか、この数日どことのう落ち着かぬ」

「左様でございますか」

「雪之丞ももうよい歳だ。馴れぬ者が家の中におれば落ち着かず、安堵できぬではないか」

「そうかもしれませぬが、雪之丞はそれがしの猫に非ず。殿の猫でございます。特に愛着はござらぬ」

「なんと、半兵衛！　そちは、そのような薄情者だったのか！」

「なんとでも、仰《おお》せられませ。……それがしは、お暇をいただいた身でありますれば、最早如何ともいたしかねまする」

「…………」

久通は茫然とその場に立ち尽くすしかなかった。

三

「なるほどのう。内与力でござるか」

串の根元に一つ残った団子を苦心の末に口中へ入れ、咀嚼《そしやく》し、茶と一緒にゴクリと呑み込んでから柘植長門守《つげながとのかみ》は言い、更にもう一口、茶を口に含んだ。

長門守は、酒もかなりいける口でありながら、団子や饅頭《まんじゆう》などの甘い菓子も好んで食す。酒であれ菓子であれ、兎に角美味ければなんでも、食することが大好きなのだろう。

その点、酒はそれほど飲めぬたちながら、久通も全く同じ考えであった。

もっとも、久通の場合は、一杯十六文の二八蕎麦《にはちそば》でも充分満足できてしまうほど安上がりな舌をしているため、大身《たいしん》の主人である長門守と同じ趣味だなどというのは少々烏滸《おこ》がましかったが。

「なにしろ、はじめてのことにて勝手がわかりませぬ。……これまでは、気心の知れた老爺《ろうや》と、下働きの者たちだけの男所帯で気楽にやってまいりました故――」

やや遠慮がち久通が述べると、

「まるで、嫁御でも娶《めと》られたかのような言い方をなされる」

長門守はさも可笑《おか》しそうに含み笑った。

長門守のその指摘に内心閉口《へいこう》しつつも、久通はなにも言い返せなかった。

自分でも、長門守を相手になにを話しているんだろう、という戸惑いがある。

「如何なされた、玄蕃殿。なにか、思い悩んでおられるご様子じゃが——」

と水を向けられて、ついペラペラと、喋ってしまった。

知り合ってから、まださほどの月日も経ってはいないというのに、長門守に対しては、何故か不思議と無防備になってしまう。

それもこれも、すべては長門守の人間的魅力故なのかもしれないが、だとしたら長門守は、久通以外の者たちからも、のべつ幕なしに悩み事を打ち明けられていることになる。それもまた、しんどい話ではないか。

(しかしこのお方ならば、何事であれ、食べる片手間に答えくれそうな気がしてしまうのだな)

思うともなく、久通が思ったとき、

「それで、新たに雇うた内与力と、お父上代わりの用人殿とのあいだの軋轢《あつれき》を、案じておられるのですな」

「………」

ズバリと言い当てられて、久通は完全に返す言葉を失った。

長門守は相変わらず団子を頬張ったまま、その顔つきはまるで変わっていない。

寄合の後、寺社奉行の土井大炊頭《どいおおいのかみ》は、珍しく久通のことも自邸に誘ってくれたのだが、久通が丁重に辞退すると、何故か長門守もそれに倣《なら》い、残念がる大炊頭を評定所《ひょうじょうしょ》に残して退出した。

道三河岸《どうさんがし》に出ると、

「土井家の立派な御膳をいただくほどには減っておらぬが、ちと小腹が減りませぬか、玄蕃殿？」

と、久通に耳打ちしてきた。

「それは……」

「まだ陽も高い故、酒というのも気がひけるが、何処か、よいところをご存じありませぬか？」

「はて？」

久通は首を傾げて考え込んだ。

長門守が、気の利いた屋台料理を所望していることはわかっていたが、軒を構えた店と違って、贔屓《ひいき》の屋台が何時何処《いつどこ》に出ているかを予測することは難しい。

そもそも屋台の店主は、人出の多いところを狙って店を出す。間違いなく人出が見込める場所といえば、縁日の寺社の境内・参道だが、それとて、いつも同じ店主が店を出しているとは限らず、折角《せっかく》美味い屋台と出会っても、一期一会《いちごいちえ》となることが多い。

それ故突然美味い屋台に連れていけ、と言われても、途方に暮れるしかないのである。

すると長門守は、久通の困惑に気づいたのか、

「まあ、たまには趣向を変えてみるのも一興かもしれませぬな」

あっさり言って、自ら先に立って歩きはじめた。

「あ、あの、長門守様……」

言いかけて、

「旦那様――」

慌てて言い直したが、ともに、評定所帰りの紋服姿である。素浪人を装うことは相当難しそうだった。

すると長門守は、

「そうじゃ。折角なので、それがしの好きな団子を馳走いたそう」

ふと思いついた口調で言い、久通を、神田明神《かんだみょうじん》近くの茶屋まで誘《いざな》った。おそらく、最初からそのつもりだったのだろう。足どりによどみはなく、一切迷わず久通を先導した。

「…………」

長門守が勧める美味い団子を一口食べた瞬間、久通の心も口も容易く弛《ゆる》んだ。甘い菓子には、ときとしてそうした効果もある。

気がつけば、彼を相手に、容易く口を開き、家の中のゴタゴタを包み隠さず話してしまっていた。

(なにをやってるんだ、俺は——)

我に返って己を叱ったところで、もう遅い。

「玄蕃殿のお悩みを、手っ取り早く解決できる方策が、一つござる」

「え？」

当然久通は身を乗り出して問い返す。

「そ、それはどのような？」

「貴殿が、嫁を娶られることでござるよ」

「え？」

「そもそも、貴殿がいつまでも嫁を娶らず、年老いた用人殿に一切を任せてきたことが問題でござろう。本来武家の奥向きのことは、その家の奥方が取り仕切るべきであるからのう」

「…………」

「奥方がおれば、古参の用人も、新参の内与力も、黙って奥方に従うことになる。されば、啀《いが》み合うこともござらぬ」

「そ、そういうものでしょうか？」

久通は恐る恐る問い返した。

「そういうものでござるよ」

「そう…なのですね」

「その気のない御方に向かって言うても、詮無《せんな》きことながら、如何《いかが》でござる。ここらで身を固められては？」

「…………」

「女子《おなご》に興味ござらぬか？」

「さ、左様なことはございませぬ。……縁に、恵まれなかっただけでございます」

「されど、お節介な親類縁者が全くおらぬ、ということはござるまい」

「お節介な親類が持ち込む縁談を片っ端から断っていたら、そのうち、なにも言ってこなくなりました」

「何故片っ端から断っていたのですか？」

とは訊かず、長門守はしばし沈黙した。

団子を咀嚼するためだ。ゆっくりと咀嚼し、茶で飲み下してから、またゆっくりと語りはじめる。

「一時は途絶えたとはいえ、町奉行となられたいまなら、いくらでも、持ち込まれるでしょう。それこそ、ひきも切らずに――」

「どうせ、若い娘ばかりでございましょう」

「若い娘がお気に召されぬか？」

長門守はさすがに目を瞠《みは》る。

「この歳になって、今更若い嫁をもらったところで、なんになりましょうや」

「嫁を娶れば、お子ができまするぞ」

「この歳で子をもうけたところで、その子が元服する頃には、それがしなど、老い耄《ぼ》れるか、くたばるかしておりますよ」

「それが、未だ嫁を娶られぬ理由ですかな？」

「子を生《な》すためだけに、話の合わぬ若い嫁など娶るのは気が重うございます」

「なるほど」

久通の言葉に、長門守は肯《うなず》いた。

得心のいった様子であった。それ故久通は百人の味方を得たが如き心持ちになり、調子に乗ってつい口を滑らせた。

「それに、余計な縁を結べば、余計な未練も増えましょう。人の天寿を五十有余年とするならば、それがしはもうあと数年にて五十にござる」

「とすれば、それがしなどは、既に天寿を全うし、冥土《めいど》へ旅立っていてもおかしくないということであろうか」

「………」

長門守の言葉つきは変わらず柔らかく、久通を責める気色《けしき》は僅《いささ》かもなかったが、久通は己の失言を恥じて口を噤《つぐ》んだ。

それに、調子に乗って、つい無駄口をききすぎた。気づいて悔いたところで、もう遅い。

「申し訳——」

ございませぬ、と言いかける久通の言葉を遮り、

「お気を悪くされたなら、許されよ」

逆に長門守のほうが、久通に詫びた。

（え？）

久通は当然戸惑うしかない。

「それがしも俗物よのう。……己と違う生き方をしている御方に、己の考えを押し付けようとは……いや、まことに申し訳ない、玄蕃殿」

「いえ、それがしこそ、再三ご無礼を申し上げました」

慌てて頭を下げるが、

「いや、それがしが悪い」

長門守は断固たる口調できっぱり言い切った。

しばしの沈黙の後、

「漢《おとこ》が、一旦こうと決めた己の生きざまに、他人が口出しするなど烏滸《おこ》がましいにもほどがある」

久通が気圧《けお》されるほど強い口調で長門守は言い、深々と頭を下げた。

「お許しくだされ」

「どうか、頭をおあげください」

久通は必死で言い募った。

「それがしこそ、長門守様のお心も知らず、自儘《じまま》なことを申しました。よい歳をして、思慮が浅いにもほどがあります」

「もう、よしましょう、玄蕃殿。……それより、団子をもうひと皿頼まぬか？」

「は…はい」

明らかに話題を変えるための長門守の言葉に久通は応え、長門守が茶屋の娘を呼んで団子の追加注文をしたことで、それきり二人の会話は途絶えた。

やがて団子を食べ終えた二人は、挨拶もそこそこに、神田明神の境内で別れた。

四

(長門守様には、悪いことをしてしまった)

帰る道々、久通の心は重かった。

折角相談にのってもらったというのに、好意から言ってくれた言葉に逆らい、否定した。長門守は分別のある大人だから、殊更《ことさら》自説に固執することもないし、寧《むし》ろ久通が気に病まぬよう、やんわりと言葉を選んで宥めてくれたというのに、それすら生意気にもはねつけた。まるで、長門守自身が、意に染まぬ縁談を久通に持ち込んできた張本人であるかの如く――。

（なにも、あんなにむきになることはなかったのに……）

今更悔いても、もう遅い。

信頼する長門守に対して、何故あれほど依怙地《いこじ》になってしまったのか。その理由は、歴然としている。

何故妻を娶らぬのか――。

久通の中ではとっくに答えが出ている筈の案件を今更持ち出され、しかも興味本位にいじくりまわされているように錯覚し、我を忘れた。

我を忘れるほど狼狽《うろた》え、不快に感じたのだ。寧《むし》ろ、相手が長門守でなければ、さほど不快に思うことはなかったのかもしれない。心の通わぬ相手から向けられる心ない言葉なら、聞き飽きている。聞き飽きた言葉なら、聞き流せる。それ故、久通の心に波紋を起こすことはない。

なまじ心をゆるしはじめた相手だからこそ、不快に感じてしまったのだろう。

いつもなら、笑ってやり過ごせるところ、言わなくてよいことまで夢中で口走っていた。

（よい歳をして独り身の者を、世間は変人扱いする。果ては、女子に興味がないのか、とまで言ってくる。……わかっていた筈ではないか）

久通が、持ち込まれる縁談に興味を示さなかったのは、その縁談に、どうしてもいやな利害の匂いを感じてしまったためだ。

何故なら、久通に対してひきもきらず縁談が持ち込まれた時期は、安永《あんえい》二年、久通が西丸《にしのまる》——つまり、将軍世嗣《せいし》の小姓となって以降、のちに家基の剣術指南役となる頃のことなのである。

次の将軍に近い者と縁を結びたい、という下心《したごころ》があからさま過ぎて、久通には到底受け容《い》れ難かった。

二人の弟たちが、平然と家名を捨て、他家の養子に入ったことも、多少その心に影を落としている。

己の、生まれ育った家を去り、他家の者となってさえも、妻や子を持ちたいと思うものか。だとしたら、婚姻そのものが疎《うと》ましく思えてしかたなかった。

或いは、久通がこの歳まで独り身をとおしてきたのは、夭折《ようせつ》した将軍世嗣・家基への思いも、少なからず影響しているかもしれない。妻を娶ることもなく、若くして世を去った家基を思うと、己が妻を娶って子を生《な》すことには、どうしても前向きになれなかった。

だが、そんな己の勝手な思いを、長門守にぶつけるのは間違いだった。

思い返すほどに、久通は激しく己を悔いる。

(もう金輪際、あの御方と親しく言葉を交わすことはできぬ)

心が重ければ、当然足どりも重くなる。

役宅に帰り着く頃には、半ば日が暮れかけていた。

役宅の門を、自らの手で押し開けようとするとき、

「兄上」

不意に背後から呼びかけられ、久通は戦《おのの》いた。

完全に、間合いに入られてしまっている。己に対して敵意を持たぬ相手に対しては無防備になるのも致し方のないことだとはいえ、間合いに入られるまで相手の存在に気づかないとは、あまりにも迂闊《うかつ》すぎた。

「三郎《さぶろう》か」

声音から、相手が誰かは瞬時に知れたが、知れたところで、久通にとっては殊更《ことさら》嬉しくもない。それより、いくらぼんやりしていたとはいえ、易々と間合いに入られたことへの口惜しさが勝った。

(よりによって、こんなときに……)

それ故、相手に対する腹立たしさ、忌々《いまいま》しさは弥増《いや》した。

「久しいのう」

「ああ、すっかり無沙汰をしてしまった。申し訳ない」

と応えた相手に視線を向けると、相当草臥《くたび》れた黒紋服姿の中年の武士である。鬢《びん》の薄さが、薄暮の中でも際立って目立つ。

(え？)

久通はしばし我が目を疑った。

顔を合わせるのは一年以上ぶりになる。だが、一別以来、三年は経っていない筈だ。

それが、まるで十年も会っていなかったかのような変わりようである。

(俺と二郎《じろう》は年子《としご》、二郎と三郎も年子だから、俺とは二つしか違わぬ筈だが……)

下手《へた》をすると、久通よりも老けて見える。

そして、見違えるほど老けた弟が己を訪れる理由は、常にただ一つだ。

それ故久通は無意識に苦《にが》い顔つきになった。

「また無心か」

喉元までこみあげる言葉を呑み込み、しばし無言で、相手を熟視した。

久通にとっては末弟にあたる、三郎こと、俊親《としちか》は、無役の旗本・森川《もりかわ》家の婿《むこ》にと請われて柳生家を出た。久通が、西丸書院番だった十八の頃だ。その前年に、次弟の信《のぶ》安《やす》も、直参・小栗《おぐり》家の婿養子となったばかりだった。

貧乏旗本家ではよくあることだが、久通には些か抵抗があった。

さほど兄弟仲がよかったわけではないが、兄弟は兄弟である。血を分けた弟たちが柳生の姓を捨てて他家の者になってしまうことが、淋しくないわけがない。

「町奉行に昇進された、そのお祝いも未だ申し上げていなかった。申し訳ない」

久通の心中など素知らぬそぶりで俊親は言い、その場でとってつけたように一礼した。

「此度《こたび》は北町奉行に昇進なされ、祝着至極《しゅうちゃくしごく》にございます」

(剣呑《けんのん》だ)

弟からの祝辞を、禍々《まがまが》しい呪いの言葉の如くに久通は聞いた。

「そういえば、一度俺の留守中に訪ねてきたそうだな」

呪いを振り払おうと、懸命に言葉を発すると、

「………」

俊親はそれには応えず、きまり悪そうに面《おもて》を伏せる。これから、兄を相手に切り出

さねばならぬ話の内容を思うと、そうならざるを得ないのだろう。

が、いつまでも、門前で立ち話をしているわけにもいかない。

「まあ、入れ」

久通は仕方なく役宅の中へと俊親を招き入れた。

久通の居間で向かい合うと、
開口一番、落ち着きのない口調で俊親は切り出した。

「親父の、三十三回忌の法要のことなんだが……」

俊親が口にした言葉の意外さに一瞬間呆気にとられてから、

「三十三回忌か」

我に返って久通は応じる。

「だが、まだ少し早いのではないか。親父が亡くなって、確か今年で二十九年目だ」

「いや、実際に法要をするかしないかは、どうでもよいのだ。ただ……」

「ただ？」

「ただ、近く法要を行う、ということにしてはもらえまいか」

「どういうことだ？」

「いや、その……」

久通が促しても、俊親はさも言いにくそうに口ごもるばかりである。

(なんだ、こいつ、金の無心に来たくせに、いざとなると、言い出せぬのか)

「のう、兄上――」

思い決して言いかけるが、

「なんだ？」

問い返されると、忽ち気弱そうに口を閉ざしてしまう。

煮え切らない弟の態度にそろそろ飽きはじめたとき、

「これは、例えばの話なのだが――」

俊親は漸《ようや》く顔をあげて真っ直ぐ久通を見た。

覚悟を決めたのだろう。

「あくまで、例えばの話だ。例えばの話なのだが、兄上――」

「わかった。例えばの話なのだな」

「ああ、例えばの話だ」

「で、例えば、なんなのだ？」

「多少早いが、前倒しで法要を行うことになった、ということにしてはもらえまいか」

「親父の、三十三回忌の法要を、か？」

「ああ」

「やるということにして、実際にはやらぬ、ということでどうだろう？」

「一体何を言っているのだ、お前は」

「だから、表向き、法要を行うということにしてもらいたいのだ」

「なんのために？」

久通はさすがに訝《いぶか》った。

俊親がなにを言いたいのかさっぱりわからぬし、それにしては恐いほど真剣な顔つきで繰り言を続ける弟のことが、正直心配にもなった。

(気を病んでいるのではないか？)

久通が密かに疑ったとき、

「ほ、法要という名目があれば、家を空けることができるのだっ」

遂に観念したかの如く、やや強い語調で俊親は言った。

「…………」

即ち久通は絶句する。

「夜釣りに…行きたいんだ」

「夜釣り？」

「なにか理由がなければ、夜間家を空けることができない」

「何故だ？　夜釣りに行く、と正直に言えばすむ話ではないのか」

「婿養子の肩身の狭さは、兄上にはわからぬ」

俊親の老けた顔が悲痛に歪んだ。

「そもそも無役の分際で、釣りなど楽しむこと自体、贅沢《ぜいたく》だと誹《そし》られる。そんな暇があるなら、なんでもよいから、御役に就くため、組頭なり知人なりを訪ねればよいのに、と言われているのだ」

「………」

「だから、組頭殿と親しくなるためだと言って釣りをはじめた。組頭が、釣り好きだと聞いていたので。……釣り竿は、もとより義父上《ちちうえ》のお下がりだ。組頭に取り入ろうと日参するうちに、だんだん釣りが楽しくなっていった。組頭に取り入ることはできなかったが、そのうち同じような理由で釣りをはじめた仲間もできて、益々楽しくなったんだ」

「そ…うか」

俊親の語気に半ば圧倒されながら、久通は彼の言葉を聞いていた。

「その釣り仲間のあいだで、一度夜釣りに行ってみないか、という話になったのだが、なかなか、理由もなしに夜間外出するというのは難しく……だが、親父の法要であれば、妻も文句は言えまいし、一夜くらい家を空けたとて、兄上と酒を酌《く》むうち、酔い潰れてしまったと言い訳もできようから……」

　俊親の言葉は、いつしかせつない哀愁をおびている。

「のう、兄上、俺は、森川家に婿入りしてからというもの、一日とて気の休まる日はなかった。……家付き娘の妻は、俺のことなど頭から小馬鹿にしていたし、義父母たちも、ただ家名を存続させるためだけに選んだ婿にはなんの期待もしていなかった。…俺には、家のどこにも居場所などなかったのだ。そんな俺に、やっとできた気のおけない仲間なのだ。気のおけない仲間たちと、たった一夜外出することすら、俺には過ぎた望みなのか？……のう、兄上、そうなのか？」

「いや」

　久通が苦しげに目を伏せたとき、

「失礼いたします」

　ふと、襖の外から呼びかける声がする。風間の声だ。久通はつと我に返り、

「なんだ、風間？」

救われた思いで、部屋外の者に対して問い返した。

「失礼いたします」

変わらぬ口調で風間は同じ言葉を繰り返し、スッと音もさせずに襖を開けた。

（え？）

その刹那、久通はさすがにドキリとする。

「…………」

茶菓の載った盆を携《たずさ》えた風間市右衛門が、襖の外で畏《かしこ》まっていた。

「失礼いたします」

もう一度同じ言葉を述べるなり、風間は部屋の中に入ってくると、久通と俊親の前に恭《うやうや》しく茶碗と菓子を置く。

置くと即ち膝行《しっこう》のままでスルスルと後退し、

「ご来客と聞き、お茶をお持ちいたしましたが、時刻も時刻故、酒肴《しゅこう》のほうがよろしゅうございましたでしょうか？」

淀みない口調で久通に問うた。

「いや、客といっても、弟だ。茶でよい」

「左様でございますか」

「すまぬな、風間。そちに斯様なことまでさせてしまって……」

「いえ、それがしのせいで、半兵衛殿が臍《へそ》を曲げられ、斯《か》くなる仕儀と相成ってございます。半兵衛殿が為されていた仕事をそれがしが代わるのは、当然のことでございます」

静かに言い置いて、風間は退出した。

「あ、兄上、いまの御仁は？」

立派な黒紋服姿の武士が茶菓を運んできたことに戦《おのの》いた俊親は、すっかり毒気を抜かれた顔で久通に問う。

「気にするな、内与力だ」

事も無げに答えつつ、久通はふと、首を傾げて思案した。

(親父の法要……これは、存外使えるのではないか)

そう思うと、半兵衛と風間を和解させる手だてを与えてくれた俊親に対して、久通の態度は忽ち軟化する。

「親父の法要、やろうではないか」

「え？」

「但し、やるからには、本当にやる。お前は、顔を出さずともよい。法要に行く、と言って、釣り仲間と夜釣りへ行け」

「よ、よいのか？」

「要するに、女房殿に対して口裏を合わせておけばよいのであろう？」

「ああ、そうしてもらえると有り難い」

俊親の表情が忽ち弛む。

「では日時をさだめ……それは、お前の都合に合わせたほうがよいのであろう？　何時とする？」

「いや、俺たちはみんな無役の閑人ばかりだから、寧ろ決めてもらったほうが合わせやすい。兄上が日時をさだめてくれたら、それに合わせる」

「そうか。では、こちらの都合で決めさせてもらうぞ。法要を行う上は、二郎にも知らせねばならぬが、それはよいか？」

「いいよ。でも、知らせたとしても、二郎兄は多分来ないよ」

安堵した証拠だろう。俊親の言葉つきは忽ち弛み、馴れ馴れしいものとなる。

「何故だ？」

「二郎兄のところも、うちと大差ないからさ」

安堵し、気が弛んだことで、俊親の口は軽くなった。

「大差ない、とは？」

「二郎兄は一昨年、なんの冗談で魔が差したのか、同じ組屋敷の仲間たちと、吉原《なか》へ遊びに行ったんだ。勿論妓《おんな》と遊ぶ金なんかないから、格子をちょいとひやかして、酒を呑んで帰ってきただけさ。それだけでも、充分贅沢だけどな」

「それで？」

「結局、義姉上《あねうえ》にばれたんだよ。一緒に行った仲間たちとは一応口裏を合わせてたんだけど、義姉上のほうが何枚も上手《うわて》さ。同じ組屋敷に住む奥方たちと結託して、旦那たちを問い詰めた。どんな些細な言葉も聞き逃さずにな。……で、問い詰めるうちに、どうにも口裏の合わないことが出て来たようで、厳しく追及されて、とうとう一人が白状しちまったらしい」

「だが、ただ吉原に行って見世をひやかしたというだけで、妓を買ったわけではないのだろう」

「実際に買ったかどうかより、吉原に足を踏み入れた、という事実が問題なのさ。奥方連中にとってはね」

「…………」

「それから二郎兄は、一切の外出を禁止されてる。……親父の法事だと言っても、許してもらえないだろうなぁ。義姉上は悋気《りんき》の激しいひとだから」

楽しげに語る俊親の言葉を、悪夢を見る思いで久通は聞いていた。一方的に聞かされるだけで、なにも聞き返すことはできなかった。

「二郎とは……割と頻繁に行き来しているのか？」

やがて俊親の話が尽きたところで遠慮がちに問うと、

「相身互い、だからね」

事も無げに俊親は応えた。

肩を竦《すく》めて苦笑すれば、忽ち悪戯《いたずら》好きの末っ子の表情に戻る。それが、こうまで老けてしまったのは、余程の苦労を重ねた結果であろうと思うと、久通の心は我知らず痛んだ。

やがて話が尽きての去り際、

「町奉行のお役目って、大変なんだろう」

すっかりうち解けた気安い口調で俊親が言った。

「どんな役目でも、容易くはないぞ」

「すごいな、兄上は。なにしろ、いまをときめく北町の《今大岡》だもんな」

「………」

「近頃は、巷《ちまた》で噂の《蜻蛉小僧《かげろう》》でも追っかけてるのかい？」

「《蜻蛉小僧》？」

久通はつと我に返って問い返したが、

「義賊とか言われて、大層評判じゃないか。うちにも小判を届けてくれないかな。ははは……いくらなんでも、お奉行様の身内じゃ、無理か。はははは……」

俊親はまともに返答せず、上機嫌で役宅を去った。

便宜をはかってもらう必要上、久通にささやかな追従《ついしょう》をするつもりで発せられた言葉なのだろう。

（はて、《蜻蛉小僧》とは？）

だが、耳に全く馴染みのない、その義賊の名は、久通の心に、新たな剣呑《けんのん》の予感を芽吹かせることとなった。

第二章 義賊《蜻蛉《かげろう》小僧》

一

一度気になりだすと、なにをしていても気になって仕方ない。

（埒《らち》もない巷《ちまた》の噂とはいえ、町奉行たる者、そういう噂にも耳を傾けるべきではないか）

とは思うが、わざわざ誰かを呼びつけ、問い質《ただ》してみるのも、気が咎《とが》める。

なにしろ、話の出所は、日がな一日釣りをして過ごす無役の閑人だ。

同じ閑人仲間と、愚にもつかぬ言葉を交わしているに違いなく、蓋《けだ》し、そんな会話の中で話題になった与太話であろう。

（或いは、読売《よみうり》の者共《ものども》がでっちあげた作り話やもしれぬし……）

大火事や地震といった天変地異から、人殺しや押し込み強盗等の凶悪事件、果ては男女の心中沙汰まで、市中で起こった出来事を瓦版《かわらばん》と呼ばれる紙面に刷り、その内容を街頭にて大声で読み上げながら練り歩く。

読売たちの目的は、起こった事実を的確に世間に伝えることなどではなく、一枚でも多くの瓦版を売ることにある。

それ故、実際には起こってもいない話でも、庶民が飛び付きそうだと思えば臆面もなくでっちあげる。やれ化け猫が出ただの、幽霊を見ただのという作り話を、平然と語り聞かせるのだ。

正直久通は、俊親がお愛想混じりに口走った言葉を、読売たちが売り歩く瓦版の記事程度にしか、思っていない。

そうでなければ、《蜻蛉小僧》の名は、和倉か荒尾か——歴とした奉行所の与力か同心によって、久通の耳に入れられていた筈である。

(然《しか》るに、町方が、《蜻蛉小僧》なる者を追っているなどという話は、終《つい》ぞ聞いておらぬ)

もし仮に、その盗賊の名が奉行所内でも頻《しき》りに囁かれていながら、ただ一人久通の耳にだけ達していないとしたならば、賊の探索が全く捗《はかど》らぬため、故意に隠蔽している、ということとなる。

だが久通は、近頃では全幅の信頼を寄せている与力・同心たちが、己に対してそんな姑息《こそく》な真似をするとは、到底思えない。

(月番でないからといって、気を緩めてはならんな。いつ、なにが起こるかわからぬのがこのお役目だ)

久通は、同心溜《だま》りの前に身を潜《ひそ》め、同心たちの交わす雑談に耳を傾けてみた。

「聞いてくださいよ、川村《かわむら》さん、そりゃあ、もう、おかしくておかしくて……」

少しも憚《はばか》らぬ口調で声を張りあげているのは、三木一之助《みきいちのすけ》だろう。

(こやつ、奉行所に遊びに来ておるのか)

軽佻浮薄《けいちょうふはく》なこの若者を、久通は生理的に嫌っている。

「それで、その丁稚《でっち》は、風の音に怯《おび》えて、裸足《はだし》で逃げ出したそうでございます。……臆病な奴でしょう」

「もう、やめよ、一之助。……それ以上無駄口をきいておると、和倉様に叱られるぞ」

「え？　おじさんに？　それは恐い……」

筆頭与力の和倉藤右衛門を「おじさん」と呼べる立場にあることで、底無しの無能でありながらどうにか役目が勤まっているということを、久通も漸《ようや》く知った。

(和倉は、ああ見えて、情に篤《あつ》き男よの。旧友の忘れ形見故、無下《むげ》に見放すこともできず、根気よく出来損ないの面倒を見ている)

それがわかると、久通の和倉を見る目もかなり変わった。

杓子《しゃくし》定規で頑固な面もありながら、情の深い、義理堅い男。そんな男を部下にもてたことを、心の底から有り難く思った。

「でも、おじさんは怒りませんよ。……いえ、怒れないんです」

「おい、一之助、いい加減に──」

あまりに傍若無人《ぼうじゃくぶじん》な一之助の言い草を、先輩同心の一人が咎めようとしたが、

「一昨日、腰をやっちゃったんですよ～ッ」

甲高い声で言い放った一之助の笑い声が、それを容易《たやす》く遮《さえぎ》った。

「それ故今日は勤めをお休みしてます。……なんぞ、重いものでも持ち上げようとしたんでしょうかね」

(この、大たわけめがッ)

次の瞬間、久通は己を抑えることができず、同心溜りの襖に手をかけ、
パンッ、

と一気に開け放っていた。

「………」

鬼の形相でそこに佇《たたず》む久通を、同心たちは皆、呆気にとられて見返した。久通のそういう表情を見るのは、おそらく彼らにとってははじめてのことに違いない。

「お前たち――」

怒りに任せて声を発し、

「………」

だが、そこから先は言葉にできず絶句した。

とはいえ、久通の怒りの元凶である三木一之助に対しては、相応の罰を与えなければならない。

「三木」

「はい」

久通に呼ばれても、まるで悪びれぬ様子で一之助は応えた。

「無駄口をきく暇があれば、さっさと見廻りに行け」

「え？」

「廻り方の者は、最低でも日に一度は市中の見廻りに出る。然るにうぬは、全く出ておらぬではないか」

「いえ、それは……」

「荒尾も川村も、他に用のないときは、日に二度は出ておるぞ。新参の分際で、恥ずかしいとは思わぬか」

「お、お待ちください、お奉行様」

一之助は漸《ようや》く顔色を変え、必死な様子で言い募った。

一之助が、和倉の親友の遺児であることは、同心たちのあいだにも知れ渡っている。それ故、誰もが一之助のことは特別扱いし、面倒で辛い任を与えたりはしない。

それ故一之助もすっかりいい気になり、見廻りのような地味で面倒な仕事を嫌うようになっていた。

「そ…それがしは――」

「なんだ？」

「それがしはまだ新参の身にて、お役目にも不慣れな故、見廻りには出ずともよい、と皆様が……」

「馬鹿な。皆で寄って集《たか》って新参者を甘やかすなど、そんなおかしな話があるか」

「で、ですが……」

「もう、よい。言い訳など聞きとうない。言い訳する暇があれば、勤めを果たせ」

一之助の弁疏《べんそ》を、久通はピシャリと遮った。誰一人、声をあげる者はない。おそらく彼らは、久通が頭ごなしに誰かを叱るところなど、はじめて目にしたに違いない。

「邪魔をしたな」

それ故、面食らっている同心たちに短く言い置き、踵《きびす》を返した。

突如として同心たちを驚かせた奉行の真意が奈辺にあったかなど、一之助以外の者たちは夢にも知るまい。いや、当の一之助自身、さっぱりわからなかったに違いない。

そのとき――。

踵を返すその寸前、同心溜りにいた荒尾小五郎《こごろう》に、

「ちと、よいか？」

久通は目顔で合図した。

それ故荒尾は、久通が立ち去るのを待って、徐《おもむろ》に腰を上げた。

余人に聞かれたくない話であれば、役宅の久通の居間へ向かうべきと考え、役宅に続く渡り廊下へと向かう。

そこで、銀木犀《ぎんもくせい》の香る庭先に足を止める久通の背が見えたため、荒尾も廊下の外れ

で足を止めた。

「…………」

久通がその場で荒尾を振り向き、

「なにをしている？　早く来ぬか」

手招きしたため、多少戸惑う。

「は、はい……」

戸惑いつつも、小走りに走り寄った。

「さきほど三木が申していたことは本当か？」

「え？」

「和倉が腰を痛めたとかいう……」

「はい。確かに本日は勤めを休んでおられますが――」

遠慮がちに目を伏せながら荒尾は応えるが、

「本日和倉様は元々非番であります故、それがしにはわかりかねます」

肝心の回答部分はお茶を濁した。

和倉は、久通にとっては部下だが、荒尾にとっては上役である。その体調について話題にするのは憚られるのであろう。それが、まともな大人の常識というものだ。

愚かな子供を目《ま》の当たりにしたばかりなので、まともな大人の反応を見たくなった。

久通の問いの真意は、まずそんなところであった。

また、わざわざ自室に招き入れてまで話題にすることではないと思い返し、渡り廊下の途中で足を止めた。

先に和倉のことを話題にできたのは、久通にとっては渡りに船というものだった。

和倉のことを訊ねるついでに、ごく自然な世間話として口にすればよいのだ。

だが、

「ところで、近頃巷で評判の、《蜻蛉小僧》の探索はどうなっておる?」

と問いかける久通の口調は完全に改まっており、到底自然な流れの世間話には聞こえなかった。

当然荒尾も、それが、久通に呼ばれた真の理由だと確信する。

「《蜻蛉小僧》…ですか」

それ故荒尾は口ごもり、大柄な体を縮こめるようにして俯《うつむ》くしかなかった。

だが久通は荒尾の反応に半ば満足している。

(どうやら《蜻蛉小僧》は、存在するらしい)

ということが、彼の態度で証明されたからだ。

「探索は、しているのだろうな？」

それ故、問い詰めることで荒尾が気を悪くせぬよう注意深く顔色を窺《うかが》いつつ、遠慮がちに問うてゆく。

「そ、それは……」

「どうなのだ？」

「…………」

「いや、責めているわけではないのだ。ただ、なにも報告を受けておらぬので、一体どうなっておるのか、と思うてな。……まさか、巷でこれほど評判になっておる盗賊の探索を、全くしていないということはあるまい？」

「それが……」

「なんだ？」

「実は、《蜻蛉小僧》のことは、いま火盗《かとう》が必死で追っております故、町方は迂闊《うかつ》に手を出してはならぬ、と和倉様からきつく止められておりまして……」

「なに！」

荒尾の言葉を、久通は中途で遮った。が、

「火盗も目をつけているほどの盗賊のことを、俺はなにも知らなかったぞ」

という言葉は、必死で呑み込んだ。

それを口にしてしまっては、世間話にみせかけようという目論見《もくろみ》が台無しになってしまう。勿論、久通の目論見など、とっくに台無しになっているのだが、当人はてんで気づいていない。

「その…《蜻蛉小僧》とやらは、それほどの大物なのか」

それ故懸命に己を取り繕いつつ、久通は殊更《ことさら》さり気なさを装って問うた。最早《もはや》そんな必要は全くないのに——。

「それは……」

「それほどの大物のことをろくに知らず、いまのいままで探索を命じてもいなかったとは、町奉行として恥ずかしいぞ」

「いえ、そのようなことは断じて……」

荒尾は慌てて言い募る。

「《蜻蛉小僧》のことは、実は我らにもまだよくわかっておらぬのです。本当に存在するのかどうかも——」

「なに？」

久通は少なからず顔色を変える。

「なにしろ、その名の《蜻蛉》の如きはかなさで己の気配を消し、全くその存在を覚《さと》らせぬのです」

「どういうことだ？」

「だが、一度《ひとたび》人の口にのぼっておる以上、存在せぬということはあるまい」

久通に鋭く追及されると、荒尾も最早誤魔化しきれぬと観念したのだろう。

「お奉行様」

つと顔をあげたとき、いつもの荒尾の顔つき口調に戻っている。

「盗賊に押し入られて金品を奪われれば、奪われた者は、通常すぐに訴え出るものでございます。ところが、《蜻蛉小僧》に押し入られ、金品を奪われた者たちは、殆《ほとん》ど訴え出ぬのでございます」

「何故だ」

「わかりませぬ」

「訴え出る者がいなければ、誰も盗みの被害にあっていないことになるな」

「はい。それ故我らも、進んで探索することができぬのです」

「しかし、金を盗まれた者たちは、何故訴えぬのだ？」

「おそらく、奪われても、訴えることのできぬ金だからではないかと――」

「どんな金だ？」

とは問い返さず、久通はただ黙って荒尾の言葉を待った。

「不正によって得た金……たとえば、イカサマでまきあげた博打《ばくち》の胴元の稼ぎとか、役人の賄賂《わいろ》とか……或いは、盗っ人そのものから奪っているのかもしれませぬ」

「なんと……」

久通は半ば茫然と荒尾の顔に見入った。

さまざまな思いが湧くものの、なにを問い返せばよいのか、すぐには思い至らなかったのだ。

「お奉行様への報告が遅れましたのは、斯《か》くなる次第でございまして……」

「わかった。斯くなる次第であれば、やむなし」

申し訳なさそうな荒尾の言葉を、久通は途中で遮った。荒尾に対して問うべき言葉を思いついたからに相違なかった。

「だが、訴える者がおらぬというのに、何故《蜻蛉小僧》の名が広まることになったのだ？」

「《蜻蛉小僧》は、義賊なのでございます」

「ああ」

「義賊は、盗んだ金を貧者に与えるものです」

「うん」

「たとえば、裏店《うらだな》の貧家に、金が投げ込まれるといたしますならば、その際、小判が包まれた紙に、《蜻蛉》と記されているそうでございます」

「なるほど」

久通は漸く得心した。

同時に、俊親の言った、「うちにも小判を届けてくれないかな」の意味もわかった。

つまり《蜻蛉小僧》とは、阿漕《あこぎ》な地回りや同じ盗っ人から奪い、貧者に金を分け与える、という善行を積んでいる盗賊で、そんな者を本気で捕らえようと思えぬのは当然のことであった。

久通自身、

(盗っ人とはいえ、自らを利するためではなく、貧しき者たちに分け与えておるとは、見上げたものではないか)

としか思えなかった。

町奉行となってまだ日の浅い久通には、歴代町奉行が頭を悩ませてきた火盗との確執などは未経験であるし、火盗に対する敵対心なども全くない。

ただ、極悪人を捕縛することに長けた玄人《くろうと》たちであれば、いざというとき、頼もしいという思いはあった。

だが、そんな頼もしい玄人たちが、弱者の味方を捕らえることに躍起になっているというのは、少々面白くない。

「火盗は、どのようにして《蜻蛉小僧》を捕らえるつもりなのであろうか」

「さあ…火盗のやり方は、見当もつきませぬ」

荒尾は力無く首を振った。

久通の問いの意図が、以心伝心に伝わったのであろう。

「金を与えられた者も、折角与えられた金を取り上げられたくはないので、なるべく人に知られぬようにいたしましょうし……」

「盗んだ金と知っていてそれを使えば、己が盗んだも同罪だからのう」

「それ故、聞き込みをしても、さっぱり埒があきませぬ」

「そうか」

久通は嘆息した。

荒尾がここまで言う以上、《蜻蛉小僧》の探索は相当難しいのであろう。

火盗が懸命に探索している上、町方で扱わねばならぬ案件は毎日無数に起こっている。なにもわざわざ、部下に面倒な仕事を押し付ける必要はない。《蜻蛉小僧》を追うのは、火盗の仕事だ。

「まあ、火盗に任せておこう」

「近頃火盗の頭《かしら》となられた御方は、なかなかの切れ者らしゅうございます」

「ああ、長谷川《はせがわ》某《なにがし》といったかな」

「なんでも、若い頃には放蕩三昧《ほうとうざんまい》を重ねておられたそうで、悪い仲間とも連《つる》んでいたらしく――」

「詳しいのう、荒尾」

「専《もっぱ》ら、巷の評判でございます。……あ、いえ、お奉行様のときほどではございませぬが」

久通の視線を気にしたのか、荒尾は柄《がら》にもなく下手な追従《ついしょう》を口にした。

「世辞はよい」

渋い顔つきで応じつつ、

「しかし、そんな放蕩者に、よく火盗の頭《かしら》が務まるものだな」

久通は話題を元に戻す。

庶民の口が勝手なものであることは、久通とてとっくに承知している。一時は、あれほど市中で囁かれた《今大岡》の噂も近頃はめっきり聞かれなくなり、また別の人物が巷の話題にあがっている。

（そんなものだろう）

と理解しつつも、久通とて、一抹《いちまつ》の淋しさは否めない。

「ところが、かつて連んだ悪い仲間を、いまでは手足の如く使って、賊の探索を行うらしゅうございます。……そこは、蛇《じゃ》の道は蛇《へび》と申しますから」

「なるほど」

久通は納得した。

「自らも、その仲間であったからには、悪を知り尽くしている、というわけだな。……お前たちが使っている目明かしやその手先にも元は罪人あがりが多いのと同じ理屈だな」

「はい。おそらく、独自の探索手段があるのでございましょう。長谷川様が頭となられてからというもの、火盗の働きは、それはめざましいものでございます」

「そうか。火盗が極悪人を捕らえてくれれば、それだけ町方の仕事は楽になる。町方には、賊の捕縛以外にも、多くの務めがあるからのう」

「はい」

「しかし、《蜻蛉小僧》とやら、本当におるのかのう。……まるで雲を摑むような話ではないか」

「はい」

久通の言葉に、荒尾は即座に同意した。

「まことに、雲を摑むような話でございます」

同意することで、この話をそれで終わらせたかったのであろう。久通にも、もとよりそれは通じていた。

二

義賊《蜻蛉小僧》。

果たして、本当に存在するのか、しないのか。

《蜻蛉小僧》から金子《きんす》を施された者の中には、どうしても黙っていることができず、ついうっかり、隣家の者に話してしまう者もあった。或いは、気を許せる友人・知人と酒を酌《く》めば、当然口も軽くなる。

そうして、少しずつ、少しずつ、《蜻蛉小僧》の名は、世間に知られだす。

中には、折角投げ込まれた小判を、「落とし物」だと番屋に届け出る生真面目《きまじめ》な正直者もいた。

届け出たのは、箕輪《みのわ》の裏長屋に住む父娘だという。

投げ込まれたのは小判一枚——一両ほどであったが、棒手振《ぼてふ》りの商いで、日に二、三百文稼げるかどうか、という父娘にとっては目も眩《くら》むばかりの大金であった。

それに万一、盗賊から施しをうけたなどということが知れれば、罰を受けぬとも限らない。それを恐れて届け出たのだろうが、そのおかげで、《蜻蛉小僧》の存在がはっきりと世に知られることとなった。

しかし、皆が皆、この父娘のように善良且つ小心者であるとは限らない。労せず大金を手にすれば、大抵の者はその僥倖《ぎようこう》を歓び、黙って懐《ふところ》に入れておく。《蜻蛉小僧》は、何処の誰に金を施したかなどと言い触らしはしないから、突然金遣いが荒くなったりしない限り、黙っていれば知られることはない。

いつしか人々は、まるで祈りにも似た思いで《蜻蛉小僧》の施しを待つようになった。

即ち、どうにもならぬほどに貧しく、娘を売るか、一家心中するしかないほどに追いつめられたならば、《蜻蛉小僧》が必ず金を施してくれる、というような、根拠のない噂までが、まことしやかに囁かれるようになっていた。

実際に、どん底まで貧した者に、《蜻蛉小僧》から小判が投げ込まれるということはあったのだろう。

たとえ小判を貰った家の者が語らずとも、借金まみれな家の娘が女郎屋へ売られることもなく、いつしか借金を返して平穏に暮らしていたとしたら、隣近所の者も親類縁者も、奇妙に思う。なにがあったのかと疑い、問い質《ただ》すかもしれない。

勿論なにを言われようと、その家の者はなにも語るまい。

だが、語らぬことで、問うた側は容易に気づく。そして、確信する。

確信したからといって、もとより騒ぎだてはしない。

ただ、その家に金の残り香が漂っていないかどうか、注意深く観察する。もし仮に、残り香がするようなら、それとなく切り出して、お余りを頂戴しようとする。

或いは、威しすかして、根刮《ねこそ》ぎ取り上げようとするかもしれない。

金というものは、全くなければ諦めもつくが、なまじ少しでも手に入ると思った途端、忽《たちま》ち底無しの欲が生じてしまう。

義賊気取りの盗賊が気まぐれに撒いた金をめぐって、或いは何処かでいやな事件が起こってはいまいか。

久通が、つらつらとそんなことを考えはじめた矢先のことである。

まさしくそれを裏付けるかのような凄惨な事件が浅草《あさくさ》の裏店《うらだな》で起こった。

吟味所で報告書に目を通していたとき、バタバタと慌ただしく奉行所内を出入りする気配に驚き、久通は部屋を出た。

(なんだ?)

(何事だ?)

御用部屋を覗こうとして、荒尾の配下である目明かしの万治《まんじ》とその手先の甚八《じんぱち》が、中庭に控えていることに気づく。

二人とも、顔色が真っ青であった。まだ年若い甚八は兎《と》も角《かく》、万治は経験も豊富な老練の目明かしである。それが、ひどく狼狽《うろた》えた様子でいるのだから、ただごとではなかった。

「どうした、万治?」

御用部屋から出て来た荒尾を見るなり、

「殺しです、旦那ッ」

慌ただしい口調で報告する。

「なんだと？」

「浅草の六兵衛店《ろくべえたな》で、大工と指物師《さしものし》が、お互いに殺し合いました」

「なに？　大工と指物師が？」

聞くなり顔色を変えた荒尾の反応から、それが相当異常な事態であることを、久通は察した。

それ故、些《いささ》か異例ではあったが、荒尾らとともに、殺しの現場へと赴《おもむ》くことにした。

「大工の安吉《やすきち》と指物師の亥太郎《いたろう》は、同じ長屋で隣り同士に住まう独り者同士でして……」

浅草へ向かう途中の道々で、久通と荒尾は、万治から事件の概容を聞かされた。

「歳も近ぇし、同じ独り者同士、それに仕事も、作るもんは違っても同じ職人同士ってことで、話も合ったんでしょう。日頃から、そりゃ仲が良かったそうなんです」

「仲の良い者たちが、何故殺し合うようなことになったのだ？」

という久通の問いには、だが万治は応えず、

「二人の遺体は既に番屋に移してございますが、殺しの現場である長屋とどっちを先にごらんになりますね？」

気安い口調で荒尾に向かって訊く。

「ああ、先ず長屋を見よう」

事も無げに荒尾は応えた。

殺しの検分の場合、先ずは遺体を検《あらた》めるのが常ではあるが、折角久通が同道したのだから、より多くの情報をとどめる現場のほうから、と考えたのだろう。

番屋に運ばれた遺体は、既に戸板に載せられ莚《むしろ》を被《かぶ》せられている。

いま時分であれば、検死のための医師が呼ばれ、死体の傷を検めているところだろう。遺体を見るのは、できればそのあとのほうが都合がいい。医師の意見を聞くこともできるからだ。

(どうやら俺は馬鹿なことを訊ねたようだな)

一方久通は久通で、万治に黙殺されたことで、己が如何に無意味で愚かな問いを発してしまったか、改めて思い知り、心中赤面する思いだった。

(殺しの現場に行くのははじめて故、少々浮き足だっておるのかもしれぬ)

当然である。いちいち事件現場にまで同行するような町奉行など、まずいない。荒尾らも、内心ではさぞ困惑していることだろう。

それはさておき、殺しの現場である長屋の安吉の部屋は、惨憺《さんたん》たるものだった。

大工と指物師。長屋で隣り合った職人たちが、互いの仕事の道具である鋸《のこぎり》と鑿《のみ》を用いて争った挙げ句の惨劇であった。

大工の振るった鋸が指物師の喉《のど》を裂き、指物師の手にした鑿が、大工の鳩尾《みぞおち》を抉《えぐ》った、という。

当然、土間は血の海と化し、壁にも家具にも、夥《おびただ》しく血が飛沫《しぶ》いていた。

あたりに漂う濃厚な血腥《ちなまぐさ》さは、正常な意識を忽ち麻痺させることになる。

(これはまた、凄まじいな)

久通は容易く呆気にとられた。

己が刀で人を斬ることには馴れている久通も、他人の刃傷《にんじょう》沙汰には不慣れであった。

鍋や釜、それに柳行李や敷きっぱなしの夜具といった生活用品が無造作に並ぶ狭い棟割り長屋の部屋が血に染まっているというのは、かなり異様な光景である。

「こいつぁ、ひでえな」

死体など見馴れている筈の荒尾も思わず口走り、しばし茫然と佇《たたず》んでいた。

「その…大工と指物師……安吉と亥太郎は、本当に仲が良かったのか？」

「は、はい」

やがて気を取り直した荒尾の問いに応えたのは、長屋の大家《おおや》である六兵衛《ろくべえ》だ。年の頃は六十がらみ。

「歳はいくつだ？」

「安吉が三十三、亥太郎が三十一になりました。二人とも、よい歳をして、嫁の来手もなく……独り身のままで、可哀想に……」

長屋の仕切りは、日頃は世話役の者に任せているのだが、これほどの事件が起こってしまった以上、まさか顔を出さぬわけにはいかない。両鬢《りょうびん》の白髪が、この半日で倍以上に増えたかのようにも見える。

「せ、世話役の久蔵《きゅうぞう》に聞いたところでは、毎日のように一緒に夕餉《ゆうげ》を食べ、遅くまで酒を呑んでいたそうでございます」

「それが何故、斯様《かよう》な仕儀となったのだ？」

「か、金を……奪い合ったらしゅうございます」

「金を？」

「か、《蜻蛉小僧》とやらが、安吉の部屋に小判を投げ入れたのです」

「なに？」

久通が思わず目を剝《む》くのと、

「それはまことか？」

鬼の形相の荒尾が大家の六兵衛に問い返したのが、ほぼ同じ瞬間のことだった。

「は、はい。まことでございます」

震え上がりつつも、六兵衛は懸命に言い募る。

「そ、その金を、奪い合って……『どうせ、盗賊から恵まれたあぶく銭なんだから、分けてくれてもいいだろッ』『俺がもらったもんだ。てめえに分けてやる義理はねえ』と、激しく言い争う言葉を、長屋の者たちが聞いております」

「小判はいつ、安吉の部屋に投げ込まれたのだ⁉」

「さあ……昨日か一昨日か、はっきりとはわかりませぬ」

「では、亥太郎は何故、安吉が小判を手に入れたと知ったのだ？　分けてやる気がないのであれば、黙っていればすむ話だ」

「それは……」

「おかしいではないか。金を分けてやる気のない安吉が、《蜻蛉小僧》から小判を貰ったと、何故亥太郎は知ることができたのだ？」

「そ、それは……金を分ける気はなくとも、大金を手にして気が大きくなった安吉は、亥太郎に気前よくおごってやったのではございますまいか。……そういえば、昨夜も二人して何処ぞで飲み、遅くに帰ってきた、と長屋の者が申しておりました」

「では、長屋の者たちからも、話を聞かねばなるまいな」

「え？」

「当たり前だろう。二人も命を落としているのだぞ。仮に、長屋の者たちが申すとおり、金をめぐって互いに殺し合ったのだとしても、事の真偽を明白にせねばならん」

「し、しかし、二人とも死んでしまいましたが……」

「当事者が死んでいるからといって、奉行所がなにも調べぬとでも思うたか、たわけめ」

「…………」

荒尾の厳しい言葉に、六兵衛は容易く言葉を失った。そのやりとりに、黙って耳を傾けながら、

（荒尾は巧者だな）

久通は密かに感心している。

荒尾の激しい追及に、六兵衛は完全に気圧《けお》され、必要以上に怯えている。

普通に考えれば、なにも知らぬ筈《はず》の大家に対して、荒尾の語調はあまりに厳しすぎた。如何に殺しの聞き込みとはいえ、下手人《げしゅにん》でもない老人に対して、通常そこまで乱暴な口はきかない。

だが、人は必要以上に脅され、怯えきったとき、己のひた隠そうとする本心が、本人の意思とは関係なく溢れ出してしまうものだ。

現に六兵衛は、自分の長屋で店子《たなこ》同士が殺し合った、という事実以上のなにかに対して、明らかに怯えている。

（おそらく荒尾は、本当に、《蛸蛉小僧》から小判の施しがあったのかどうか、ということ自体を疑っているのだ）

荒尾と六兵衛のやりとりを聞くうち、久通はそう確信した。

「それで、肝心の、《蛸蛉小僧》の小判は見つかったのか？」

との荒尾の問いに、

「いいえ」

即座に首を振ったのは、万治である。

「部屋の隅々まで捜しましたが、小判はおろか、豆板《まめいた》一枚ありませんでした。……もしあったとすれば、すっかり使っちまったんでしょうね」

「………」

最早六兵衛は、憐れなほどに青ざめきった顔で、歯の根も合わぬほどに震えている。

「そこらの居酒屋で、ひと晩飲んだくらいで、一両使いきるものかな」

「それはあり得ねえでしょう。吉原《なか》へでも繰り出さねえ限り、ひと晩で一両使いきっちまうなんて……」

「吉原でおごってもらったならば、亥太郎とて、最早安吉の手許に金が残っていないことはわかっていた筈だ。わかっていながら、金を寄こせ、と言い出すのはおかしいな」

淡々とした口調で荒尾は述べ、

「はい、妙な話です」

同様の口調で万治が応じる。

まさしく、阿吽《あうん》の呼吸というやつだ。荒尾とのつきあいは長く、相当気心が知れているのだろう。

だが荒尾は、そこでふと思案顔になり、しばし口を閉ざしてしまう。

それからゆっくりと六兵衛を顧み、また目を逸らし、狭い土間の片隅に足を止めると、

「本当に、《蜻蛉小僧》から小判の施しはあったのか？」

誰に対して、ということもなく、荒尾は問うた。

「…………」

その場にいた誰も、応えなかった。

部屋の中に、《蜻蛉小僧》からの施しの小判や、《蜻蛉》と記された紙片が残されていたわけではない。ただ、金銭をめぐって争ったような気配があった、と長屋の者たちが証言しただけだ。

誰も、肝心の小判を見ていない。

「つ、使ってしまったのですよ、きっと……な、吉原へでも繰り出して……」

追いつめられ過ぎた六兵衛は、恐怖のあまりか、矢継ぎ早に素《す》っ頓狂《とんきょう》な声を張りあげる。

「と、盗賊から施された金子《きんす》など、所詮あぶく銭ではありませぬかぁ」

「だが、それでは話が合わぬぞ、六兵衛」

追いつめられた六兵衛の顔を真っ直ぐ見返しつつ、荒尾は更に追いつめる。

「金が残っていないというのに、どうして亥太郎は、分け前を寄こせなんて言い出したんだ？」

「ですから、亥太郎はそのことを知らなかったのでは……」

「なにをだ？」

「え？」

「亥太郎はなにを知らなかったというのだ？」

「や、安吉が、金を使い果たしてしまったことをです」

「一緒に吉原に行ったのにか？」

「…………」

「それになあ、六兵衛、安吉は、昨日も一昨日も、ちゃんと大工の勤めに出ているぞ。吉原で遊んできたにしちゃあ、随分と生真面目なことじゃねえか。独り者の男同士が、滅多にくぐれねえ大門《おおもん》を、一世一代のつもりでくぐってよう、門が閉まる前にきっちりてめえんちへ帰ろうなんて、思うもんかね。……朝まで妓と一緒にいてえと思うのが人情ってもんだろう」

「…………」

六兵衛には最早答える言葉はなかった。

「安吉も亥太郎も、吉原へなんぞ行っちゃいねえ。近所の行きつけの居酒屋で飲んでもいねえ。……そんなこたあ、ちょいと調べりゃ、すぐにわかるこった」

「そ、存じませぬ。……手前はなにも存じませぬッ」

遂に六兵衛は、駄々っ子のような泣き声を発してその場にしゃがみ込む。

「六兵衛ッ」

しゃがみ込んだ六兵衛に向かって、荒尾は再び怒声を発した。

「いい加減にしろッ」

「ひいぃ……」

「人が二人も死んだというのに、いい加減なことを言って、言い逃れられるとでも思ったかッ」

「お許しを……どうか、お許しを……」

頭を垂れ、額《ひたい》を土間に擦りつけつつ、六兵衛は言い募った。そうしているうちに、元々小柄な体が、いくらか縮んだのではないかと錯覚するほどに、六兵衛はひたすら己が体を小さく竦《すく》める。

(これは……)

憐れに震える老爺《ろうや》の背中に目を落としながら、久通もまた、名状しがたい感動に我が身を震わせていた。

(手練《てだ》れの定廻り同心とは、斯くも有能であったか)

という感動である。

これまで久通は、奉行として同心たちからの報告を受けるだけで、実際に彼らがどういう探索を行っているのか、その詳細は知らなかった。

賊の捕縛などに同道することで、彼らの武芸の程度を知ることはあっても、それ以外の能力――探索をする際最も重要な勘働きについては、全く知ることができない。

荒尾が、人一倍勤めに熱心で、職務に対して誠実であることは、彼との出会いから充分に察していた久通ではあったが、ここまで圧倒的な場面に出会《でくわ》してしまうと、ただただ手放しで感心するしかなかったのだった。

三

六兵衛店での事件は、どうやら、二人の男が金をめぐって殺し合った、という単純な筋書きでは済みそうになかった。

その後荒尾が、長屋の住人一人一人と個別に話したところ、事件の発生時には一致していた証言がところどころ綻《ほころ》びはじめ、遂にはものの見事にバラバラと崩れた。

「《蜻蛉小僧》から貰った金を、半分寄こせ」

という亥太郎の言葉を聞いた、と証言していた者も、最終的にはいなくなった。

「確かに聞きました」

と証言してしまえば、何《いず》れお白洲に引き出されることになる。そこで、嘘をついたとわかれば、当然罪に問われる。誰も、そんな貧乏籤《くじ》はひきたくない。

その結果、住人たちはてんでに勝手なことを言いはじめ、遂には、安吉と亥太郎が争う声を聞いた、と証言する者すらいなくなった。たまたま安吉の部屋の障子が開いていたため、何気なく中を覗いたら、安吉と亥太郎が、ともに相手の急所を得物で突き合いながら事切れているのを発見した、という証言に変わっていた。

しかも、最初に発見した者も名乗り出ぬため、その証言にも、全く信憑性はない。

「どういうことなのだ？」

さすがに焦《じ》れて久通が問うと、

「どうやら、一朝一夕《いっちょういっせき》に解決できることではなさそうです」

疲れきった様子で荒尾は答えた。

一昼夜、殆ど休むことなく、住人への聞き込みをおこなっていたのだろう。

「小判欲しさに、長屋ぐるみで二人の職人を殺した、ということではないのか？」

「いまとなっては、それもよくわかりません」

重苦しい口調で答え、荒尾は深い溜め息をついた。

「なにか遺恨があって二人を殺し、《蜻蛉小僧》にこじつけただけなのかもしれませぬし……兎に角、全員が嘘をついております故、真相に辿り着くまでにかなりのときを要するかと思われます」

「一人一人奉行所に呼びつけて取り調べればよいではないか」

「どうせ嘘をつくでしょう。……その嘘を、嘘だと認めさせるためには徹底的に調べあげることが必要になります」

「そうか」

不得要領ながらも、久通は肯くしかなかった。

（しかし、《蜻蛉小僧》も、とんだことに名を使われたものだな）

一旦《いったん》何気なく思いかけて、

（だが、待てよ）

久通はふと首を傾げた。

（長屋の連中が《蜻蛉小僧》の名を使ったということは、実際にそうした事件が起っても不思議はないと、世間から思われている……或いは、実際にそういうことが起こっているからではないのか）

久通は改めてそのことに気づくと、考え込まざるを得なかった。

義賊とやらの功罪は、その施しによって助けられた者にとっても、そうでない大半の者たちにとっても、あまりに影響が強すぎることなのではないだろうか。

（義賊と呼ばれていても、所詮《しょせん》賊は賊だということだ）

久通は思い、賊である限りは、矢張り捕縛されねばならぬ、という結論に達した。

そのためなら、火盗改の探索にも進んで協力すべきであるとも思った。

だが、町奉行となってまだ日の浅い久通は、無論知らない。町方と、火盗改の同心のあいだには長年の軋轢があり、到底協力関係になどなり得ないということを——。

「火盗に協力ですと！」

和倉藤右衛門は忽ち顔色を変え、明らかに久通を詰《なじ》る口調で言い返した。

「何故《なにゆえ》我らが、然様《さよう》な真似をせねばなりませぬ？」

「お上《かみ》を恐れず、義賊を気取って世を騒がせておる《蜻蛉小僧》とやらを捕らえるために決まっているではないか」

和倉の語気の激しさに内心戦《おのの》きながらも、懸命に己を鼓舞して久通は応じる。

久通が北町奉行に赴任した当初、筆頭与力である和倉との仲は最悪であった。家格も低く、前職においてさしたる手柄があったとは思えぬ久通の突然の抜擢《ばってき》を、和倉は快く思っていなかった。

だが、その後久通の能力を正当に評価するようになった和倉と久通のあいだにはいつしか信頼関係が築かれ、その関係は概《おおむ》ね良好であった。当初久通に対して見せた侮《あざけ》りや反抗的な態度など、近頃はすっかりなりをひそめていた筈だ。

(何故だ？　何故和倉は怒っているのだ？)

それ故久通は混乱した。

「そのような鼠賊《そぞく》の捕縛など、あの虎狼《ころう》どもに、勝手にやらせておけばよいのです」

「…………」

「我ら町方の務めは、市中の治安と民の暮らしを守ることにございます。そのために為さねばならぬ務めは多く、たかが一介の鼠賊になど、かかずらっているわけにはゆかぬのでございます」

「だが、その一介の鼠賊が、庶民に大変な影響を及ぼしているではないか。鼠賊の跳《ちょう》梁《りょう》を許すことは、民の暮らしを脅かすことにほかならぬ」

「お奉行様」

和倉はふと口調を改めた。

火盗改、と聞いて思わず興奮してしまった己を悔いたのと、久通の思い違いを正さねばならぬ、という義務感から、冷静にたち戻ったのだ。

「火盗の者共《ものども》は、手柄をあげるためなら、手段を選びませぬ。それ故、罪なき者でも疑わしいというだけで捕らえ、ひどい拷問の末に、自白を強要するのです。その結果、罪なき者が、いわれなき罪で裁かれることになるのです。奴らは、罪人を作り出すためなら、どんなに阿漕《あこぎ》な真似も平気でいたします。……まさしく虎狼の仕業《しわざ》に相違ございませぬ」

「まことに？」

滔々《とうとう》たる和倉の言葉に圧倒されつつも、久通は辛うじて問い返す。

「まことでございます」

「なんとひどい連中だ」

「ひどい連中でございます」

「だが、和倉――」

「いいえ、お奉行様、如何にお奉行様の仰《おお》せとはいえ、これぱかりは従いかねます。……火盗に協力するなど、ご免被《めんこうむ》ります！」

「わかった。では、火盗とは関わらずに、我らも《蜻蛉小僧》の探索を行うというのはどうだ？」

「お奉行様」

「それも、駄目か？」

「確かに、盗賊の捕縛も、我ら町方のお務めの一つではあります。ですが、物事には、優先されるべき順序というものがございます。一昨日浅草の六兵衛店で起きた殺しの現場に、お奉行様もご同道なされたと聞き及びましたが――」

「ああ、行った。町奉行たる者、一度は殺しの現場というものにも立ち合うべきと思うてな」

「その殺しのそもそもの原因が、《蜻蛉小僧》より施された小判であることから、今後も斯くなる罪づくりな殺しが次々と起こるのではとお案じになられて、お奉行様は《蜻蛉小僧》の捕縛を急ぐべきとお考えになられましたか？」

「盗んだ金を無闇にばら撒くなど、罪づくりの愚かな行為だ。施された者はよいかもしれぬが、金を貰えなかった側の者たちは、何故己が貰えなかったのか釈然とせず、施された者を羨み、やがては憎みさえするかもしれぬ。……見過ごしにはできぬ」

「お奉行様のお気持ちはわかります。ですが、《蜻蛉小僧》が何処から如何ほどの金子を盗んだのか、盗まれた側からの訴えがないのです。訴えがない以上、そやつは盗賊ではなく、ただ長屋に金をばら撒いている者にすぎませぬ」

「………」

「賊の名を騙《かた》り、気まぐれに金をばら撒いている道楽者と、殺しの下手人では、どちらの捕縛を優先すべきとお奉行様は思われます?」

「殺しの…下手人だ」

仕方なく、久通は答えた。

「ただいま、荒尾らが懸命に長屋の住人たちの取り調べをおこなっております」

「わかっておる」

「長屋の者たちの申すことがすべて嘘と判明いたしましたからには、二人は互いに殺し合ったわけではなく、下手人はきっと他におります」

いつしかまた強い語調に戻って和倉は言い、口を閉ざしたが、久通からの返答がないと知って再び口を開いた。

「我らが月番の最中に起こった殺しでございます。我らが月番のあいだに、必ず真の下手人を捕らえねばなりませぬ」

有無を言わさぬ口調であった。

久通には、それ以上返す言葉などあろう筈もない。

「わかった。すべて、そちの言うとおりだ。余計なことを言ってすまなかった」

黙っていてもよかったのだが、一刻も早く和倉を自分の前から立ち去らせたい一心で、久通は言い、軽く頭を下げるそぶりすらしてみせた。

和倉の言うことが正論過ぎて、久通には心苦しいばかりであった。

「では——」

和倉も、久通の気持ちを察したのであろう。一旦は腰を上げかけて、だがふとなにかを思い出し、

「三木一之助のことですが」

久通にとっては思いも寄らぬ者の名を口にした。

「今月より、町会所見廻りを申し付けることにいたしました」

「え？」

「初出仕より二年ものあいだ、ひとしきりお役を経験させておりましたが、当人に定廻りの資質がないことは既に明白でございました。それ故お奉行様には、毎度無様《ぶざま》な姿をお見せしてしまい、重ね重ね申し訳ございません。さぞご不快な思いをなされたのではないかと——」

「よいのか、和倉？」

久通は思わず問い返す。

「一之助はそちの……」

「亡き友の忘れ形見と思えばこそ、一人前の同心になってほしいと願っておりまし

た」

言いかける久通の言葉を遮り、和倉は言い切った。

「ですが、それがしは心得違いをしておりました。……一之助の父がお役目の最中に命を落としましたのは、一之助がまだ十かそこらのことでしたので、不憫《ふびん》に思い、我が子の如く慈《いつく》しんでまいりました。それ故一之助めも、それがしを実の父の如く思い、甘えておったのだと思います。年に何度か、数えるほど顔を合わせるだけの親戚の叔父《おじ》であれば、それでよかったのでしょう。ですが、それがしは町奉行所の与力。何《いず》れ父のあとを継いで定廻り同心となった一之助にとっては、上役になるのです。……それがわかっていたなら、もっと厳しく接するべきでした」

和倉の口調はどこまでも淡々としていたが、その苦衷《くちゅう》は察してなおあまりあった。

それほどに、つらそうな顔を、和倉はしていた。

「わかった、和倉」

久通は思わず口走った。

「そちもつらかったであろう」

「お奉行様」

「それほど気にやまずともよい。……三木が粗忽《そこつ》なのは、若年故だ。そのうち…年を経れば、そちの思いが通じる日もあろう」

久通が未だ言い終えぬのに、和倉は無意識に目頭を押さえていた。久通の言葉が、心に染みたが故だろう。

四

「お出かけでございますか」

着流し姿で玄関に立った久通を、風間と半兵衛の二人がともに見送った。

「ああ、見廻りだ」

「お奉行様が自らでございますか？」

とは聞き返さず、

「行ってらっしゃいませ」

「お気をつけて――」

二人は口々に言い、その場で仲良く頭を下げた。

あれもこれも、久通にとっては意のままにならぬことばかりの日々であったが、一つだけ功を奏したことがある。

即ち、風間と半兵衛を和解させることに成功したのである。

三郎俊親の懇願を聞き入れ、亡父の法事をやることにした、と風間に告げた。

風間が如何に有能でも、昨日今日当家にやってきた新参者の身では、これればかりはどうにもならない。これまで招待した親類縁者や亡父の旧友たちへの挨拶状は、常に半兵衛がしたためていたのだ。

そこで久通は、風間に因果を含めた。

「半兵衛に、頭を下げてやってはくれぬか」

「なるほど、そういうことでございまするか」

風間は察しもよいし、物分かりもいい。

「それがしが頭を下げればすむことでしたら、いくらでも。……殿には、無用のご心労をおかけし、申し訳ございませぬ」

遣り手らしく、割り切りも早かった。

「半兵衛殿にお教えを請わねばなりませぬ」

半兵衛の前に手をついて懇願し、言葉巧みに半兵衛の機嫌をとった。

半兵衛の精神構造はいたって単純にできているから、見るからに立派な武士で、何事においても高い能力をもつ風間のような者が、自分に礼を尽くしてくれれば、忽ちなにもそのような老い耄《ぼ》れに、……手前のようなお気をよくしてしまう。

「風間様、どうか、頭をおあげください。……手前のような老い耄れに、なにもそのような……」

「いいえ、半兵衛殿、それがしはとんだ考え違いをしておりました。昨日今日こちらに参りましたそれがしなどが、あれこれ偉そうなことを申し上げるのがそもそも筋違い。はじめから、長年に亘《わた》り御当家に仕えておられた半兵衛殿にお教えを請うべきでした」

「風間様……」

「お教えいただけましょうか？」

「そ、それはもう……手前にできることでしたら――」

半兵衛は忽ち風間に籠絡《ろうらく》された。

以来風間は、充分に半兵衛の体面に配慮しつつ、半兵衛から必要な情報を引き出すことに成功していた。

更には、久通が望むとおり、半兵衛にできる範囲内の――雪之丞の世話や庭の掃き掃除といった仕事には気分よく従事できるよう、最大限の配慮を怠らなかった。

「さすがは半兵衛殿、気難しい猫の気持ちを、よく理解しておられます」

歯の浮くような阿諛《あゆ》追従も、全く苦にはならぬようだった。

(さすがは、ご老中が見込まれたほどの御庭番だ)

久通は内心舌を巻く思いであった。

定信は終始、風間のことを、「さまざまな武家で内与力を勤めてきた者」だと言い張ったが、如何に経験を積んできたといっても、世の常の武士がここまで有能であるとは、到底思えない。

肝心の、武芸のほうは未だ目にする機会がないのでなんともいえぬが、これで武芸まで秀でているようなら、完全に御庭番決定だ。

(御庭番を、我が身辺に遣わしたということは、おそらく俺が命を狙われているということなのだろうが——)

久通は思う。

もしそうなら、そんなご配慮はご免被りたい、と——。

久通は剣を極めた剣客である。

己の身を護れぬのであれば、剣客の存在意義はない。

かつて、定信の密命を承《う》けた源助が、二八蕎麦屋に身を窶《やつ》して久通の身辺に目を光らせてくれていたのとは、わけが違う。その頃の源助は、久通にとって、月に一～二度顔を合わせる程度の屋台の蕎麦屋にすぎなかった。

互いに顔を見覚え、雑談を交わす程度の仲ではあったが、それ以上でもそれ以下でもなかった。それ故、十年近くものあいだ、御庭番であることを久通に知られることはなかった。

だが、家の中にまでに入り込んでくるということは、定信の思う久通の危機がすぐそこまで迫っている、ということだ。

(それも、俺自身にも手に負えぬかもしれぬほどの敵が、迫っている)

定信とて、決して久通の腕を信用していないわけではない。だが、最悪の事態を想定し、風間を遣わしてくれたのだ。その配慮に、感謝こそすれ、不満に思う筋合いはない。

わかっている。久通も充分にわかってはいるのだが、胸に蟠《わだかま》る一抹のモヤモヤをどうすることもできない。

(折角出て来たのだ。もう少し、歩いてみるか)

モヤモヤした気持ちのままで、ただ市中を歩き続けていた。

こんなとき、美味《うま》い肴《さかな》にありつきながら、ともに盃を交わす友の一人もいないことを、心底淋しく思った。

ただ一人——友といっては語弊があるし、相手に失礼でもあるが——酒食をともにしながら言葉を交わしたい人がいる。

が、前回、気まずい別れ方をした折のことを思うと、到底合わせる顔がない。評定所で顔を合わせることさえ、気が重かった。

幸い、今月は内座も式日も立合も既に恙無《つつがな》く終了しており、もうすぐ北町の月番もあけるため、しばらくは評定所へ参上する必要もない。

久通が自ら望んでその人のお屋敷を訪れたりしなければ、当分顔を合わせる心配はなかった。

（もとより、長門守様は、俺のようなとるに足らぬ者のことなど、なんとも思うておられぬかもしれぬが……）

久通の知る長門守は、深く寛《ひろ》い心を持った慈父の如き人物だ。未熟な若輩者の態度が悪かった、という程度のことに、本気で腹を立てたりするわけがない。それはわかっている。

わかってはいるが、その心の寛《ひろ》さに甘えて臆面もなく顔を出せるほどの度胸は、久通にはない。

（帰りたくないのう）

という思いだけで、久通は市中を漫《そぞ》ろ歩いていた。ただ、役宅に帰りたくない、という一心で──。

（なにか食べよう）

とも思った。

風間が台所まで仕切ってくれるおかげで、家で美味い飯にありつけるようになったので、屋台で買い食いをする必要はなくなった。

だが、長年の習慣は容易には改まらない。一度市中に出れば、体が無意識に屋台を欲してしまっているのだ。

（蕎麦が食いたい。…蕎麦の一杯くらいなら、たとえ食べても、家の夕餉を食べられぬことはない）

源助の蕎麦屋が何処かに出ていないか無意識に捜したが、どうやらいまは久通の身辺から離れているらしく、何カ所か思い当たるところへ足を延ばしてみても、何処にも見当たらなかった。

仕方なく、歩いていて最初に目についた屋台でなにか腹に入れて帰ろうと決めた。

仮に空腹で帰ったとしても、家で、そこそこ美味《おい》しい食事にありつける。寧《むし》ろ、なにか食べてしまっても、風間が用意してくれている夕餉を平らげることができるかどうか。それが問題であった。

少しく暮れはじめた道の先に、ぼんやり灯《とも》る明かりが見えた。

(二八蕎麦以外で、こんな裏道に店を出しているとすれば、おでんかな?)

思うともなく、久通は思った。

他の屋台と違い、おでん屋は燗酒《かんざけ》と一緒になっていることが多い。

寒い夜、燗酒とともに、温かいおでんの具をいただく。それもまた、至福の瞬間だ。

(おでんを、二つ三つ、つまみながらの熱燗——)

思うとたまらず、久通は夢中で駆け寄った。口中に、忽ち出汁《だし》の旨味が広がる心地がする。

が、それは、屋台でもおでん屋でもなく、ただの天水桶であった。

「なんだ、屋台じゃないのか……」

久通は落胆し、その場に力無く座り込んだ。

何故か、疲れきっている。

(まあ、いいか)

力無く天水桶に凭《もた》れつつ、久通はそのまま座り続けた。

こちらが無防備な姿を曝《さら》していれば、相手も姿を現し易いであろう。

そう思って、我が身を曝《さら》してやったのに、敵が現れるまで、かなりの時を要した。

四半時は経ったであろうか——。

(遅いぞ)

苛立《いらだ》つ久通の間合いに、漸く踏み入る気配があった。

極めて剣呑《けんのん》な気配である。

第三章　そこで待つもの

一

その気配を察したところで、久通は更にだらしなく四肢を伸ばして天水桶に凭《よ》り掛かった。

(やっと来たか)

一見、酔い潰れた者が、路上で意識を失ってしまったかの如《ごと》く――。

兎《と》に角《かく》相手を油断させる。

油断すれば、即ち仕損じる。

座り込んで天水桶に凭《もた》れたときから、久通は目を閉じている。

目を閉じて読みとった気配は、約六名――。

特に急ぐ気配はなく、寧《むし》ろゆるゆるとした足どりで来る。六人全員が揃って同じ足どりで来れば、勿論六人の刺客が来ると久通に知れてしまう。

それ故二人ずつ組んで、剰《あまつさ》え、微酔《ほろよ》いのていでやってきた。

（これはなかなかの手練《てだ》れだ。……しかも、芸が細かい）

内心の緊張をひた隠しつつ、久通は待った。

己にさし向けられた刺客を、己の手で返り討ちにできぬようでは剣客の名が廃《すた》る。

（全員討ち果たせねば、意味はない）

刀に手をやり、鯉口《こいぐち》を切る頃合いを見はからうのに、細心の注意を払った。

殺気を隠して近寄る敵を、どこで敵と見極めるかに、生死がかかっている。

久通は更に意識を研《と》ぎ澄ました。

幸い、空腹であるから、それは可能だ。

（あと十歩……）

と察したとき、近づく敵の一人が、

「なんだ、酔っぱらいか？」

己も酔っぱらいを装っているくせに、無防備に倒れた久通の風情《ふぜい》を余程侮《あなど》ったのか、軽い嘲《あざけ》りの言葉を発した。

その同じ瞬間、久通は鯉口《こいぐち》を切った。

と同時に、四肢に力をこめて一気に立ち上がると、忽《たちま》ちそいつの面前に到る——。

「如何にも——」

「え？」

「酔っぱらいだ」

「…………」

慌てて刀を抜こうとした素浪人風体《ふうてい》の男を、言いざま久通は抜き打ちで斬った。左脇から右腋へ。逆袈裟《ぎゃくげさ》の一刀両断——。

ろくに声を上げることもなくそいつが倒れ伏したときには、他の五人は、もとより間合いの外に散っている。

「侮《あなど》るな」

首領格の者が、低く呟く。

「迂闊《うかつ》に、間合いに入ってはならぬ」

そう指示できたということは、彼が相当の使い手である証拠なのだが、彼以外の者にも伝わったか、どうか。

一応間合いの外には出たものの、それ以外の四人は、漲《みなぎ》る殺気を消しもせずにいる。

鯉口を切り、いまにも抜刀する気満々だった。

見れば、まだ若い――二十代そこそこに見える若侍たちだ。その歳で刺客を請け負うなど、どうせろくな連中ではあるまい。

但し、仲間の一人が瞬殺されたのを見ても少しも慌てたり怯えたりする様子がないのは、相当腕におぼえがあるのだろう。

（いやな奴らだ）

久通が内心嫌悪したその瞬間、向かって右側にいた二人が抜刀し、それぞれ右と左から、同時に斬りつけてきた。

久通に後退《あとじさ》る暇《いとま》を与えぬ、絶妙の呼吸であった。

（ちっ……）

それでも久通は咄嗟《とっさ》に身を捻《ねじ》って一方の切っ尖を避けつつ、もう一方の刀を己の刀で受け止めた。

刃を避けて無理な姿勢となった久通の無防備な背に向かって、まわり込んだ別の一人が鋭く突き入れてくる――。

どの敵を最初に斃《たお》すか、考えている暇もなく、久通は身を処した。

即ち、敵の刃を力任せに跳ね返しざま、脇差しを抜いて見向きもせずに背後の敵の一人を刺した。

「うぐぉッ」

全く予期せぬ唐突な攻撃に、そいつは手もなく鳩尾《みぞおち》を貫かれる。

久通の本能は、気配だけで確実に急所を狙えた。

「下がれ」

首領格の男が低く命じたときにはもう遅かった。

そのまま脇差しを翻《ひるがえ》した久通は、己の背を突こうとしていたその切っ尖を脇差しで撥ねると同時に身を翻し、体勢を立て直して殺到した正面の敵を、片手逆袈裟に斬り上げた。

「ヌギャッハ」

断末魔の叫びとともにそいつがドサリと倒れ込むのと、

「チッ」

激しい舌打ちの音とが重なった。

「だからあれほど、焦るなと言ったのに。…四方から囲んでジワジワと攻めれば、うぬらでも、手傷くらいは負わせられたものを――」

首領の男の呟きは低かったが、久通の耳にははっきりと聞き取れた。

「若い奴らを使って手傷を負わせ、弱ったところを貴様が討ち取ろうという魂胆か」

用を終えた脇差しを鞘に戻しつつ、久通はゆっくりとそいつのほうに向き直る。

「感心せぬな。己より年若い者たちを捨て駒に使うというのは——」

己一人は間合いから遠く離れた場所に立ち、成り行きを見守っていた男は、だが全くの無表情——。

「どうする？　生憎《あいにく》手傷は負っておらぬが、それでもやってみるか？」

何を言われても、小面憎《こづらにく》いほど平然としている。年の頃は四十がらみ。久通よりはやや上かもしれない。もし何処かで再会しても、たぶん誰だかわからぬだろう。

それくらい、印象の薄い顔立ちをしていた。目鼻立ちは、薄墨でサッと刷《は》いたようであり、目にも強い光はない。

「それとも今宵は諦めて、引き上げるか？」

問いつつ、久通は自ら踏み出して男に近づく。

「ちッ」

もう一度激しく舌を打ってから、男は刀の鯉口を切った。

嬲《なぶ》るような久通の言葉に挑発されたのだとすれば、入念に策を立ててきたにしては存外疎漏《そろう》である。

冷静で狡猾《こうかつ》かと思えば、どうやらそうでもなく、血の気の多いところもある。そうであれば、久通にはいっそやり易い相手だ。

男は、その場で抜刀するなり、

「……ッ」

声もあげずに向かってきた。

間合いまではほんの数歩——。

(これは——)

だが久通はその途端に足を止め、後退した。

それまではどんなに巧みにひた隠していても、刀を抜いた途端、全身に殺気を漲らせるのが刺客の常だ。

というより、刀を抜いた瞬間に勝敗を決さねばならぬのが、刺客の心得なのである。

然《しか》るにその男は、刀を抜き、正眼に構えて対峙《たいじ》したというのに、全く殺気を発していない。

(とんでもない使い手だ)

目の前の敵を斃《たお》さんとするとき、多少なりとも殺気が漏れ出るのは仕方のないことだ。

だが、目の前のその男は、殺気どころか、己の感情を全く相手に気取らせない。

そんな真似ができるのは、はじめからなんの感情も持たぬ木偶《でく》の坊か、余程過酷な修練を積んだ刺客の中の刺客だけである。

久通は無意識に警戒し、後退る様子を見せつつ、その場を動かぬ、という高度な技術を用いた。

どれほどの能力を秘めいてるかもわからぬ敵を相手にする際、自ら踏み込むのは命取りだ。相手から仕掛けてくるのをじっと待つのが常道だ。

自ら仕掛けてくる相手をじっと観察して待てば、相手の隙が見えることもある。また、こちらの手の内を気取らせたくない、という意図もある。

正眼のまま歩を進めてくる敵に対して、久通は無意識に下段をとった。

それも、切っ尖をほぼ地面に向けてしまう、地摺《じず》り下段だ。これには、相手の意表を突こうという意図があった。

が、相手は僅《わず》かの動揺もみせず、真っ正面から来る。

「…………」

躊躇《ためら》うことなく間合いに入りざま、刀を手許に戻し、鋭く突き入れてきた。

（うッ……）

久通は反射的に跳び退《すさ》って、その突きを避けた。

それが、こちらの予想以上に大きく伸びて、普通に退いた程度では避けきれないほどの突きだということが予想できたからだ。

案の定、大きく退いた久通に対して、敵は僅かに顔を顰《しか》め、残念そうな表情になった。

久通がはじめて見た、そいつの人間らしい表情だった。

（確かに強い）

気を引き締めつつも、久通は更に後退した。

こういう得体の知れぬ相手とは、容易に刃を交えぬほうがよい。

久通は一層警戒心を強めた。

「…………」

それを待っていたかの如く、相手は猛然と斬りかかってくる。

がぁッ、

ずぅ……

ザン、

数合、打ち合う。

打ち合えば即ち、相手の力量もはかれる筈だが、全く摑めなかった。

太刀筋がバラバラで、巧《うま》いのか下手《へた》なのか、まるでわからない。

脾腹《ひばら》を抉《えぐ》ろうとするような鋭い一太刀が来たかと思えば、次は全く見当外れのところへ来る。しかも、撃ち込みの力具合もまちまちで、まるで、刀を持つのがはじめての素人《しろうと》が、無茶苦茶に斬りつけてくるかのようだ。

（こやつ……）

久通が内心焦れたとき、そいつの口辺が僅かにほころんだ。

笑ったのだ。

いやな笑い顔だった。無表情でいるときには、おそらく次に出会っても見忘れているくらいに印象の薄い顔立ちをしているくせに、笑うと忽ち、この世で最も嫌いな人間の顔になった。

嫌悪のあまり、思わず吐き気をおぼえたその瞬間、

（そういうことか──）

久通は覚った。

敵の狙いは、滅茶苦茶な攻撃で久通を焦れさせ、久通から必殺の攻撃を仕掛けるよう仕向けることだった。

攻撃は最大の防御というが、実際攻撃に転じる瞬間、ほんの僅かながらも隙が生じる。

敵は、その一刹那の隙を突く——。

愚にもつかぬ鍔迫《つばぜ》り合いの中でそれを覚ると忽ち、久通の体は勝手に反応する。

即ち、敵の切っ尖を避け、急速に後退した。

逃すものか、という勢いで、敵は久通を追ってきた。

(五月蠅《うるさ》いやつだ)

久通は心底目の前の敵を嫌悪した。

その悪感情とともに、怒りに任せた攻撃を仕掛ければ、果たしてどんな反撃に出られるものか。興味はある。

が、一瞬の興味で命まで失うほど物好きではない。

久通はひたすら敵の切っ尖を避け続けた。

久通が刃を合わさず、間合いの外へと避け続ける限り、相手は永遠に突きを繰り出し続けるしかない。

久通の消極的な態度に、今度は敵が焦れだす番だった。

「…………」

声にも出さず言葉にもせぬが、そいつの苛立《いらだ》ちは充分久通にも伝わった。

（それでいい。…されば、これよりは対等——）

久通は刀を持つ手に力をこめた。

攻守の立場が完全に入れ替わる、このときを待っていたのだ。

ぎゅしーッ、

裂帛《れっぱく》の気合とともに、久通は、己が胸元めがけて突き出された刀のその切っ尖三寸に狙いをさだめ、渾身の力で叩き落とした。

その刹那——。

グォッ、

激しく火花が爆《は》ぜたように見えたのは錯覚ではない。

実際、久通の刀は敵の切っ尖を叩き落としたが、その瞬間のあまりの衝撃で、久通は自ら刀を取り落としてもいた。

（え？）

切っ尖を折られながらも、そいつは久通に突進してきた。文字どおり、己の全身を得物に変えて——。

切っ尖を折られた大刀を瞬時に捨て、脇差しを抜いてくるであろうことは予《あらかじ》め知れた。その攻撃が必殺の突きであることも。

だが、尺の足りぬ脇差しで、果たしてどこまで突いてこられるか――。

ところが、待ち構える久通の目の前で、その男は何故かピタリと動きを止めた。

視線が、久通の背後に釘づけられている。

それに気づくと、間合いの外へと飛び退きつつ、久通はさり気なくそちらを一瞥した。

道端の辻行灯《つじあんどん》の傍《かたわ》らに、編笠をかぶった、白い薩摩絣《さつまがすり》の着流しの武士が立っており、その足下には男が一人倒れている。死んでいるのか、それとも気を失っているだけなのか。

「悪いが、連れには眠って貰ったぞ。目の前で、卑劣な闇討ちが行われるのを許すわけにはいかんのでな」

編笠の中から武士が述べた言葉を聞いた瞬間、

「チッ」

その男は舌打ちして刀をしまい、踵《きびす》を返して逃げ出した。呆れたことに、生死のわからぬ仲間のことなど一顧《いっこ》だにしない。

五人の若い刺客は完全に捨て石。一対一の勝負と見せかけて久通を油断させ、密かに久通の背後に迫らせたもう一人の仲間と、一瞬にして前と後ろから襲う計画だったのだろう。

(危ないところだった)

さすがに久通はヒヤリとした。

背後に伏兵がいることに、全く気づいていなかった。

「忝《かたじけ》ない」

刀を鞘へおさめてから、久通は編笠の武士に向かって一礼した。

「貴殿のおかげで、命拾いいたしました」

「いや、礼ならこれに――」

と武士は己が右手の小指を立てる仕草をしながら言い、

「申されるがよかろう。……それがしはただの通りすがり故」

編笠の中で意味深に含み笑っているようだった。

「これ、とは？」

当然久通は面食らい、不思議顔に問い返す。

「いやはや、見当もつかぬほど多く、心当たりの女人《によにん》がおありとは……男前は羨《うらや》ましいものよ」

「…………」

揶揄《やゆ》するような相手の言葉に、久通はいよいよ困惑する。

「あ、あの……これ、とは果たして、如何なる意味でございましょうか？」

仕方なく、久通が遠慮がちに問うと、

「いや、これは冗談が過ぎたようだ。申し訳ない」

武士は漸《ようや》く口調を改め、編笠の縁に手をかけ、チラッと笠の中の顔を覗かせた。

如何にも生真面目そうな久通に対して、顔を隠したままでいるのは非礼と思ったのだろう。そのくせ、わざわざ笠をとることはしない。僅かに笠をあげるだけだ。

だが、笠の下のその顔をひと目見た瞬間、

（え……）

久通は思わず息を呑み、無心に見入った。

異相であった――それも、よい意味での。偉丈夫《いじょうふ》顔とでもいうのだろうか。意志の強そうな太い眉にしっかりとした男らしい目鼻立ちの主である。久通のことを男前などと煽《おだ》ててくれたが、久通の目から見れば、彼のほうが余程の男前に見える。但し、年の頃は久通とほぼ同じ、四十がらみであったが。

「実は、先刻『人が殺されそうなので、助けてください』と、通りすがりの女から、頼まれましてな」

「通りすがりの女に？」

編笠、着流しの武士が真面目な口調で述べる言葉を、当然久通は訝《いぶか》るしかない。

「それはもう、必死な様子で……あまりに必死な顔つきで頼んでくるので、てっきり貴殿のご妻女か、わけありの女人かと思うてな」

「ど、どのような女人でした？」

「どのようなというて……」

忽ち顔色を変え、強い語調で問い返してくる久通に閉口しながらも、

「頭巾《ずきん》を被《かぶ》っていた故、つまびらかにはわからぬが、身分賤《いや》しからぬお上臈《じょうろう》であったかと――」

編笠の武士は懸命に述べた。

「お上臈、ですか？」

「微行《おしのび》中であるためか、着物や帯は縞木綿《しまもめん》と纐纈《こうけち》で町屋の女房風を装ってはいたが、体に焚きしめられた香の匂いばかりは消しようがない。あの香りは、間違いなく武家の子女が身につける香であった」

「通りすがりの女の匂いまで、よくぞそこまで嗅ぎ分けられましたな」

とは言わず、久通はほぼ圧倒された目で彼を見た。

（この御仁、ただ者ではないな）

ということだけは充分察した。

だが、その御仁は既に編笠を元に戻し、久通から顔を隠してしまっている。

「覚えがござらぬか？」

「ございませぬ」

「なれば、天女の助けとでも思われよ」

「天女」

と言われて、久通の脳裡を過ぎる女が、たった一人だけいる。

（だが、まさか……）

久通が思い、そのひとの面影を振り払ったとき、

「おお、そうじゃった」

編笠の武士は不意になにかを思い出し、頓狂《とんきょう》な声をあげた。

「天女から貴殿に、助けたあとでこれを渡してくれ、と頼まれていたのだった」

と言いつつ、袂《たもと》から紙片を取り出し、久通に手渡す。

「お心当たりがなければ、捨ておかれるがよろしかろう」

「…………」

紙片を久通に渡すなり、スッ、と久通の脇を抜けて立ち去ろうとした。

「あ、しばしお待ちを——」

久通は慌てて呼び止める。

「せめて、貴殿の御名を——」

と言いかけてすぐに己の非礼に気づき、

「それがしは、北町——」

慌てて名乗ろうとしたが、

「ご無用に——」

強い語調で、制止された。

「ただの、通りすがりの者同士、としておきましょう」

「…………」

「そのほうが、お互いにようござる。……名乗れば屹度《きっと》、面倒なことになりますぞ」

と背中から言い、立ち去る一歩を踏み出したところで、

「あ、その者、気を失っておるだけですので、捕らえて連れ戻り、何処の誰に雇われたのか、聞き出されるがよろしかろう」

また、思い出したように述べて、ぼんやり見送る久通の視線を充分背中に感じつつ悠然と立ち去った。

(なんと見事な御仁であろう)

久通は半ば呆気にとられて、その紺献上《こんけんじよう》の帯の粋な結び目を見送った。

蓋《けだ》し、名のある立派な武士の微行《おしのび》であろうことは容易に察せられた。

しばしぼんやりその去り際に目を奪われてから、

(そうだ!)

久通は、足下に転がる男をどうするか、その処遇に思案をめぐらせた。

屈《かが》み込んで呼吸をさぐると、確かに息がある。が、深く昏倒していて、当分目を覚ましそうにはなかった。

それを確認した後、久通は漸く、編笠の武士から手渡された紙片の存在に気づいた。

(女?)

身分賤しからぬお上臈と聞いて、焦る気持ちをどうにもできない。

折り畳まれた紙片を慌てて開き、その紙面に目を落としたとき、久通ははじめて我に返った。

「孝恭院《こうきよういん》様ご逝去の真相を知りたければ、明後日東海寺《とうかいじ》に来られたし」

見事な女文字で、そう認《したた》められていた。

孝恭院様とは即ち、夭折した将軍家後嗣《こうし》・家基のことにほかならなかった。

二
「そんなもの、罠に決まっていようがッ。そちはどこまで間抜けなのだ」

どうせ、頭ごなしの叱責を浴びせてくるであろう人には、はじめから相談できない。

他にも相談してみたい相手は何人かいたが、

「当然、罠でしょうな」

その誰もが、決まって同じ言葉を口にするであろうことも、目に見えていた。

かといって、叱責を浴びせてくるであろう人以上の知恵者を久通は知らず——いや、知恵者かどうかは別として、意見を聞きたい相手がいるにはいたが、一別以来気まずくなっていてできない、という事情もあり、結局己自身で決断するほかはなかった。

(罠だ。勿論罠に決まっている。俺にだってそれくらい、わかる)

わかってはいたが、激しく気持ちが揺れた。

例の女文字の紙片を一読した瞬間、久通の思考は停止した。

だが、すぐ我に返ると、立ち去った編笠の武士のあとを追った。

考えられる可能性は幾つかあったが、真っ先に思いついたのは、編笠の武士が一味の首領で、一芝居うった、ということだ。

人目の多い市中で暗殺を全うすることは難しい。できれば何処かに誘《おび》き出すのが望ましいが、久通とてそうそう迂闊《うかつ》ではない。

だが、東海寺という名を出されれば、久通が心穏やかではいられなくなることを、敵は熟知している。

品川宿《しながわしゅく》の東海寺は、家基が息を引き取ったといわれる因縁の寺だ。

「孝恭院様ご逝去の真相」

という餌で釣られたら、久通は容易《たやす》く出向く。

久通を狙う連中は、その真相とともに、久通をこの世から葬り去るつもりなのだ。

（あの御仁、悪い人間には思えなかったが……）

それから四半時あまりも捜しまわったが、久通は結局、編笠の武士を見つけることはできなかった。

（だが、もし俺の敵なのだとすれば、それは立場が違うだけで、一概に悪人と決めつけるわけにはゆかぬ。あの御仁にとっては、この俺こそが、この世から消し去らねば

ならぬ悪なのだ)

久通は自らにそう言い聞かせた。

編笠の武士が相当の腕前なのは、相対したときの気配から察することができた。

一対一で立ち合っても、勝てるかどうかという相手であることは間違いない。もし、彼と同程度の使い手が複数現れたなら、万事休すだ。

しかし、それは断じて出向かぬ理由にはなり得ない。

この九年、ただそれだけを知りたいと願い、だが知ることのできぬ己に絶望しながら生きてきたのだ。

編笠の武士が昏倒させた男は、一応奉行所に連れ帰り、一頻《ひとしき》り詰問をおこなったが、全く埒があかなかった。のらりくらりはぐらかすかと思えば、結局はしらを切る。

(これは相当のワルだな)

と察すると、その日のうちに伝馬町送りにした。筋金入りの悪党の口を割らせるには、手慣れた者に任せるほうがよい。

とまれ久通には、あまり「とき」がなかった。

(なんにせよ、東海寺へ、行ってみるしかない)

思案に思案を重ねた末に、久通は決意した。

よくよく考えてみれば、いつ死んでもいいような人生を、ただ気まぐれに拾って命を助けた仔猫のためにのみ長らえてきたようなものだった。その仔猫も、なんの奇跡か命を長らえ、そろそろ十年に到る。

猫は元々、気まぐれで人に順《したが》わぬ生き物だ。久通という庇護者を失ったとて、あとの残る余生、好きに生きてゆくだろう。

(若君も、俺の夢枕にたたれるほど焦れておられるようだし、そろそろお側《そば》に参らねばなるまい)

東海寺で誰が彼を待つのか。行ってみなければ、わからない。ならば、行くしかないのである。答えははじめから決まっていた。

「なりませぬぞ、殿」

夕餉の膳に向かっているとき、不意に低く囁かれ、久通は思わず箸を止めた。

もとより、その夜彼の箸は止まりがちで、傍《かたわ》らで給仕をする風間の存在すら忘れるほどに深く考え込んでいた。

「なんだ、風間」

久通は驚いて顔をあげ、風間を見た。

平素は、落ち着いて小波一つたたぬ湖面の如く見える目が、いまは獅子《しし》の鋭さで久通を見据えている。

「殿はいま、死地に赴《おもむ》かんとする《もののふ》の顔をなされておいでです」

「え？」

「そのようなお顔をなされてはなりませぬ」

「なにを言うかと思えば……」

久通は一笑に付した。我ながら、上手な作り笑いができている筈だ、と確信しながら。

「俺は、先日浅草の六兵衛店で起こった店子同士の殺しのことで頭がいっぱいだ。……それしきのことで、死地に赴く、などと、大袈裟な」

「恐れながら、それがし、これまで多くの武家の奥向きにお仕えしてまいりました」

だが、久通を見る風間の目つきは変わらない。

半兵衛をして、商家の手代が似合いそうな、と思わしめた平凡な容貌の主《ぬし》でありながら、一度表情を変えると、久通にも手に負えぬ頑固な面構えになる。

「殿が、不吉に思うてそれがしを嫌わぬようにとご配慮なされて、御前はなにも仰《おお》せになられませなんだが、それがしがこれまでお仕えしたお家の中には、謀叛の罪で切腹なされたり、やむにやまれずご同輩を討ち果たされたお方もおられるのです」

「…………」

「ですから、それがしは、そのように思いつめた主人《あるじ》の顔を、何度となく見てまいりました。……殿はいま、確かに、己の死をお考えになっておられます」

「馬鹿な……」

久通はなお鼻先で笑いとばそうとした。

「武士《もののふ》たる者、常に己の死を考えるのは当然であろうが。なにを今更……」

「明日、何処へ行かれるおつもりですか？」

僅かも怯《ひる》まぬ語調で風間は問う。

「決まっていよう。市中の見廻りだ」

「行ってはなりませぬ」

「なに？」

久通はさすがに訝《いぶか》しむ。

「何故行ってはならぬのだ？」

「殿が、みすみす、お命をお捨てになるとわかっているのに、黙って行かせる家臣はおりませぬ」

「別に俺は命など捨てぬ」

「どうしても行かれるというなら、御前に報告いたさねばなりませぬ」

「………………」

久通が最も恐れていた言葉を苦もなく口に出され、久通は絶句した。

もとより、風間の立場としてはそうだろう。そのためにこそ、彼はこうして柳生家に遣わされているのだ。手もなく久通を死なせれば、或いは風間は、後に定信から厳しく罰せられることになるのかもしれない。

(それは気の毒だな)

久通はしばし思案する。思案の末に、

「御前というのは、ご老中のことか？」

わかりきったことを、訊いた。

「御意」

当然だというように、風間は肯《うなず》く。

「ならば、明日そちも一緒に来い、風間」

「え？」

風間は明らかに戸惑った。

「お前は、ご老中より、俺の命を守るよう、言いつけられているのであろう。ならば、自ら俺を見張ればよいではないか」

「な、なれど、それがしは内与力にございます。内与力が、その職務を抛《なげう》ち、お役宅の外に出るなど……」

「休みをとればよいではないか」

事も無げに久通は言い、風間を完全に黙らせた上で、

「内与力とて、非番の日くらいあろう。休みなく働いていては、体がまいってしまうからのう」

久通は淡々と述べた。

「明日、そちは非番である。それ故、終日外出自由だ。好きにするがよい」

「…………」

「ご老中に報告に行くも自由だが、そのあいだに、俺が死地に赴き、命を落とすかもしれぬぞ」

「殿！」

風間は忽ち顔色を変える。

百戦錬磨の御庭番を相手に、そこまで凄まじい芝居がうてるようになった己を、久

通は密かに誇らしく思った。

「どうする、風間？　明日一日、俺と同道するか？」

「………」

「それとも、ご老中にご注進に及ぶか？」

久通の問いに、ガックリと項垂《うなだ》れるほか、返す言葉の一言とてない風間であった。

「ご…ご同道させていただきます」

やがて蚊《か》の鳴くような声音で応えた風間に、久通は満足した。頼もしい守護者が同道してくれるとは有り難い。但し、

「半兵衛には言うなよ」

厳しく釘を刺すことは、忘れなかった。

「はい」

風間は素直に肯いた。

定信の命《めい》で柳生家に来た以上、その任を解かれるまでは、勤めが続く。いつまで続くかわからぬ以上、少しでも家の中を居心地よくしておかねばならない。

久通の助言で半兵衛の機嫌をとり、いまは最高に居心地のよい状態となっている。

もし半兵衛にこのことを話せば、必要以上に大騒ぎするに決まっているし、罠とわ

かっているところへのこのこ出向くなど、大反対されるに決まっていた。しかも、そこへ行くのに風間一人を伴うとなれば、久通の風間への信頼がそれだけ絶大なものだと証明することになり、半兵衛は又候臍《またぞろへそ》を曲げるだろう。

半兵衛との関係を再び拗《こじ》れさせ、居心地を悪くしようなどという気は、もとより風間には毛頭なかった。

三

「そちには家族はおらぬのか?」

訊くともなしに、久通は訪ねた。

半歩後ろをついてくる風間に対してだ。

「殿と同じく――」

というサラリとした答えを、久通は甚だ不快に思ったが、さあらぬていで、

「こやつ……」

笑いとばした。

空疎な作り笑いである。

仕方ない。風間とて、好きで久通に同道しているわけではない。身も蓋《ふた》もなく脅されて、仕方なくついてきているのだ。

久通にもそれはわかっている。わかってはいるが、折角同道するのだから、この際風間のことをよく知っておこうと思い、あれこれと言葉をかけているのである。

「歳はいくつだ？」

「殿よりいくつか上かと——」

「好いた女子《おなご》はおるか？」

「おりませぬ」

「これまで一人もおらなんだのか？」

「おりませぬ」

だが、風間の口調は、終始頑《かたく》なであった。

余程この外出が気に入らないのであろう。

「まさか一人もおらぬということはあるまい。子供の頃はどうだった？……幼馴染みの隣家の娘を可愛く思うたことくらいあるだろう」

「ございませぬ」

「まこと、ないのか？」

と執拗に問いながら、

(そういえば、こやつは御庭番であったな。御庭番では、常の武家の育ち方はしておらぬか)

そのことに思い当たり、己の鈍感さを些《いささ》か悔いた。

(そもそも、幼馴染みがおらぬのか?)

「幼馴染みはおりましたが、皆、男でございます」

すると風間は、さすがに態度が悪すぎると反省したのか、愛想のない口調ながらも、辛うじて応える。

「男ばかりか?」

「はい」

生真面目に応える風間の様子をチラッと窺ってから、

「それは、ちと淋しいのう」

しみじみとした口調で久通は述べ、更に問う。

「では、武家奉公をはじめてからはどうだ?」

「え?」

「内与力として、これまで何軒もの武家屋敷を渡り歩いてきたのであろう? その家の子女や女中らと知り合う機会はいくらでもあったであろう」

「それはございましたが……」

さすがに困惑した様子で風間は一旦《いったん》口ごもる。

「それ、あったであろうが」

久通は忽ち喜色を浮かべるが、

「ですが、主家のご息女やお女中に懸想するのは、不義にございます」

「…………」

もっとも過ぎる風間の言葉に、悄然と言葉を失うしかなかった。

「如何にも不義には違いないが――」

それでも久通は、風間との会話を続けたい一心で、懸命に言葉を探した。

定信の一方的な薦めとはいえ、折角縁あって自分の側《そば》に来てくれたのだ。できれば心を開いてほしい。

また、そうでなければ、互いに守り守られるという信頼関係を築くこともできぬのではないか。少なくとも久通なら、まるで心の通わぬ相手を、いくらお役目だからといって、命懸けで守りたいとは思わない。

「別に、懸想するくらいは、よいのではないか？」

「え？」

「密かに懸想するくらいは、よいだろう。美しい女を見れば、ずっと見ていたい、或いは親しくなりたい、と思うのは、男として至極自然なことではないか」

「…………」

今度は風間が言葉を失う番だった。何故久通が執拗にこの話題を続けようとするのか、さすがに不安を覚えたのかもしれない。

「俺は役目柄、今後も妻も子も持たぬつもりだが、男と生まれて、生涯一度も女に惚れぬというのも淋しいものではないか」

「殿は、おありなのですか？」

「ある」

恐る恐る、風間が問う。

事も無げに久通は応え、風間は驚いて目を見張る。

「お、おありなのですか？」

「ああ、ある」

「本当に、女人に惚れたことがおありなのですか？」

「ああ」

と苦笑混じりに肯いてから、

「だが、惚れたと気づいたのは、その女と遠く離れてしまったあとのことでな。……よい歳をしてだらしない話だが、気づいたとき、俺は一体どうすればよかったのだろう？」

「それは……」

久通の問いかけに、風間は当然戸惑った。どのように、などと問われても、もとより女に惚れた経験のない風間には答えようもない。

「のう、風間、どう思う？」

「どうと言われましても……」

困惑の果てに、仕方なく、風間は問うた。

「ど、どのような女人でございます？」

「どのような、というて……まあ、好《よ》い女よ」

「好い……」

風間はぼんやり呟いた。視線が宙を漂っている。好い女とは果たしてどういう女をいうのか、彼なりに想像しているのかもしれない。

「どうした、風間？」

「いえ、伺っておりませんでしたので……」

「なにを、誰から伺っていなかったのだ？」

「殿に、斯様《かよう》な女人がおられたということを、御前からは伺っておりませんでした」

「それはそうだ。ごく最近のこと故、ご老中がご存知ないのも無理はない」

「ごく最近のことなのですか？」

「ああ、ごく最近のことだ」

「左様でございますか」

平静を装って応えたものの、風間の心中は激しく動揺したままだった。

己の知らぬ情報を、不意に目の前に叩きつけられる。そんな衝撃に慣れていない者の反応であった。

「ところで、風間」

そんな風間の反応に概《おおむ》ね満足しつつ、久通は再び口を開いた。

「はい」

風間は忽ち我に返り、全身を緊張させる。

「ご老中から、俺のことは概ね聞いているのであろう？」

「はい」

「聞いて、どう思った？」

「え？」

「貧乏旗本の出で、さして手柄を立てたわけでもない俺のような者が、何故突然町奉行の職を得たか、不思議には思わなかったか？」

「…………」

風間は困惑し、容易く言葉を失った。

しつこく一つの話題に固執するかと思えば、不意に話を変え、答えられぬことを承知の上で追いつめるような問い方をする。

果たして、賢いのか愚かなのか。優しいのか冷たいのか——。

風間の中で、久通という人間は如何様にも変化し、縦横無尽に混乱させられ、結局得体の知れぬ人物という結論を導き出させた。

「どうだ、風間？」

ふと足を止め、久通は風間を顧みた。

「え？」

風間も当然足を止める。

「どうもこうも……それがしのような者には、なにも申し上げることは……」

「いや、そうではなくて、そろそろ疲れぬか？」

苦しげに言いかける風間の言葉を途中で遮《さえぎ》って、久通は問いかけた。

「あ、いえ、大丈夫でございます」

風間は即座に首を振る。

「そうか？」

「はい」

「役宅を出てより、もう一時《いっとき》以上も歩いているが、本当に大丈夫か？　俺はそろそろ休みたいぞ」

「あ……」

「なんだ？」

「そういうことでしたら……」

「なんだ？」

なにやら煮えきらぬ風間の口調を咎《とが》めるように厳しく問い返すと、

「休みとうございます」

存外あっさり、風間は応えた。

「なに？」

久通は一瞬だけ顔つきを険しくし、

「だったら、早くそう言わぬか」

言いざま激しく舌打ちをした。

あともう少しで目的地に着くとわかっていながら、久通は敢えてその店の前で足を止めた。

縄のれんのぶら下がった居酒屋である。店内はなかなか賑わっている。まだ真っ昼間である故、酔客の姿は少なく、皆、飯を食いに立ち寄っているようだ。

「そういえば、腹も減ったわ」

言いざま久通はのれんをくぐった。

街道に近く、人の通行が多いにせよ、土間に置かれた三脚ほどの長床子《ながしょうじ》はほぼ満席だ。

(これだけ流行《はや》っているということは、さぞかし美味《うま》い飯を食わせるのであろう)

久通は密かに期待した。

もしかしたら、この世で最期の食事になるかもしれない。

だとしたら、せめて少しでも美味いものを食したい。大好きな屋台の料理でないのが、少し残念だったが。

四

品川宿のはずれにある万松山《まんしょうざん》東海寺は、三代将軍家光《いえみつ》の代に創建された臨済宗《りんざいしゅう》の寺である。

元禄《げんろく》七年、品川宿の大火災により全焼したが、ときの将軍・綱吉《つなよし》によって再建され、以後手厚い幕府の庇護を受けている。

爾来《じらい》五百石の朱印領を許され、広大な寺域を有していた。

それ故、徳川《とくがわ》家の菩提寺である上野《うえの》の寛永寺《かんえいじ》・芝《しば》の増上寺《ぞうじょうじ》に次いで、将軍家にとっては縁の深い寺院となっていた。

近くの狩り場で鷹狩りをしていた将軍家後嗣が立ち寄ったとしても、なんの不思議もない。その将軍家後嗣が、突然亡くなる、などという不吉な事件さえなければ、立派な大伽藍《だいがらん》が斯くもむなしくなることはなかったであろう。

（若君が亡くなられた場所……）

感慨深く思いながら、久通は山門をくぐった。

だが、久通は今日まで一度としてこの寺を訪れたことがなかった。家基の急死を多少なりとも奇妙に思うなら、真っ先に訪れてみなければならぬ場所ではなかったか。

（逃げていたのだ。……ご老中が仰せられたとおりだ。若君……家基様が亡くなられてからというもの、俺はこの世のすべてから逃げていた。逃げているのだから、先へ進めるわけがない。漸くそれに気づいたところで、生を終えるというのも皮肉な話だ。だが、悔いはないぞ。家基様のお命を奪うことに荷担せし者の命を一つでも多く道連れにして、あのお方のもとへゆく――）

最前、居酒屋で食したどじょう汁と鯖《さば》寿司が絶品の美味さであった故、この世への未練もすっかり断ち切れた。

あとは、風間が妙な義侠心などおこさずに無事この場を逃れ、一部始終を定信に報告してくれることを願うばかりである。

久通の命を守りきれなかったことで、風間は責めを受けるかもしれないが、事実をありのまま定信に伝えさえすれば、定信とてわかってくれるだろう。肝心なのは、風間が止めるのも聞かず、久通が、自ら死地に赴いた、ということである。

久通が自ら望んで死を選んだのであれば、定信も諦めてくれるだろう。

（さあ、いつでも来い。家基様の仇《かたき》ども――）

ところが――。

山門をくぐって遭遇した幾つ目かの塔頭《たっちゅう》の傍らで久通を待っていたのは、久通の命を狙う刺客集団ではなく、一人の女であった。それも、白菊《しらぎく》の裾《すそ》模様を染め抜いた藤色《ふじいろ》の小袖に黒緞子《くろどんす》の帯、島田くずしの髪という、身分賤しからぬお上﨟である。

「お待ちしておりました、柳生様」

女は久通を見るとすかさず近寄り、密やかな挨拶とともに、一礼した。

年の頃は、二十代半ば。化粧は薄く、身に帯びた匂い袋の香りも控え目だ。今日は頭巾を被っていないが、編笠の武士が言っていた天女とは、果たしてこの女のことであろうか。

「…………」

しかし久通は、己の予想とあまりに違った出迎えに、ただただ戸惑うばかりであった。

「よくぞお出《い》でくださいました。……あのような無礼な文でお出でいただけるとは思いもせず……ですが、あのときは、あれよりほか、なにもできませんでした」

言葉つきも、行儀のよい武家女のものである。

「あ、あの……」

戸惑いつつも、久通はその女を見た。

「そなたは？」

「瀬名《せな》と申します。蓮光院《れんこういん》様にお仕えしております」

「なに、蓮光院様に……」

その名を聞くなり、久通は表情を引き締める。

蓮光院とは即ち、十代将軍・家治《いえはる》の側室にして家基の生母《せいぼ》、お知保《ちほ》の方の法名にほかならない。

（では、若君のお母上が俺を呼んだのか？）

久通の混乱は、いや増すばかりだ。

「お疑いはごもっともでございます」

瀬名と名乗った女は、久通の混乱を懸念して、懸命に言い募る。

「本当は、もっと早く、私が柳生様のもとへ伺うべきでした。そうすれば、お方様……いえ、蓮光院様のお気持ちを、予《あらかじ》めきちんと柳生様にお伝えできましたでしょうに……。あのような形でお呼び立てしてしまい、さぞやお気を悪くなさったのではないかと……」

「いや、別にそのようなことは……」

強すぎる瀬名の語気に、久通は忽ち気圧《けお》された。

「そ、それで、蓮光院様のお気持ちとは？」

「どうか、こちらへ――」

だが久通の問いには答えず、瀬名は恭《うやうや》しく頭《こうべ》を垂れたまま、彼を寺院の奥へ誘《いざな》おうとする。

「………」

だが久通は難色を示した。

瀬名という女を、まだ完全に信用したわけではない。或いは、女を使って油断させておいて、刺客の待ち受ける場所へ誘おうとしているのかもしれない。

「蓮光院様のお気持ちをお知りになりたければ、直接ご本人から伺ってくださいませ」

「え？」

「蓮光院様がお待ちでございます」

（蓮光院様が？）

半信半疑ながらも、久通は仕方なく瀬名に従った。

瀬名が久通を誘ったのは、伽藍や庫裡《くり》などを過ぎた先――ひときわ奥まった場所に設けられた、小さな茶室であった。

長身の久通には、躙口《にじりぐち》を潜《くぐ》るのもひと苦労であった。

苦労して茶室に入ると、細く湯気のたち上る茶釜の前には、小柄な尼僧が座している。

年の頃は、四十がらみ。或いは、もう少しいっているのかもしれないが、小柄なせいか若見えする。

久通は無言で客の座に腰を下ろした。

勿論、茶室での作法くらいは知っている。挨拶すべきかどうか迷ったが、将軍家後嗣のご生母だった方に、こちらから口をきくのは無礼ではないかと判断した。

それ故黙ったままで、尼僧が茶を点《た》てるのを待った。

「どうぞ」

やがて、尼僧は曜変天目《ようへんてんもく》の茶碗を、静かに久通の前に置いた。

「頂戴いたします」

それを手に取り、一応作法どおりに飲み干し、

「ご馳走様でした」

と茶碗を置いた後で、

「柳生久通にございます」

久通は、はじめて名乗った。

「蓮光院です」

それを受けて、尼僧も名乗る。

だが、互いに名乗ったきり、二人とも、しばし言葉を躊躇《ためら》った。

当然気まずい沈黙が続く。

(何を、話せばよい?)

久通が内心焦りまくったとき、

「柳生殿」

沈黙に耐えかねた蓮光院のほうが、先に口を開いてくれた。

「本日は、よく斯様なところまでいらしてくださいました。お礼申し上げます」

「いえ、そのような……」

その場で頭を下げられると、久通はただ恐縮するしかない。

「若君…いえ、家基様のご生母が、それがしなどに頭を下げられてはなりませぬ」

「いいえ、本来こちらから出向くのが道理でありますのに。……私のようなものが、お呼び立てしてしまい……私のようなものが――」

言いかけて、蓮光院は途中で言い淀んだ。

「蓮光院様？」

「私のようなものが……」

懸命に述べようとするその声音が、悲しく震えて忽ち途切れた。

「お方様」

いまにも消え入りそうに儚《はかな》げなそのひとに、久通は無意識にそう呼びかけていた。

「………」

呼びかけたはいいが、なにか言おうとするのに震えて言えなくなってしまうような、そんなか弱い、儚い尼僧になにを言えばよいか、実はわかっていなかった。

「私のようなものが……今更なにをと思われるかもしれませぬが……」

漸くそこまで述べ、再び口ごもった蓮光院に、己を奮い立たせると、

「若君は……家基様は、誰よりも、公方《くぼう》様となられるのに相応《ふさわ》しいお方であったと、それがしはいまでも信じております」

強い口調で、久通は言い切った。

「………」

だが久通の言葉を聞くなり、蓮光院は両手で顔を被《おお》ってしまい、両肩を激しく震わ

せはじめた。嗚咽《おえつ》を堪《こら》えようとして、とうとう堪えきれなくなったことは間違いなかった。それ故、その小さな肩の震えがやむまで、根気よく待つしかなさそうだ、ということを、久通はぼんやり考えていた。

「私は、竹千代君《たけちよぎみ》をお産みしただけで、僅か一年も、ともに過ごすことは許されなかったのです」

涙を拭いつつ、蓮光院は訥々《とつとつ》と語りはじめた。

「ご正室の倫子《ともこ》様のお子として育てば、お世継ぎになれる、と説得されて、倫子様におあずけいたしました。……まだ乳呑み児の竹千代君を……自ら乳を与えたのは、ほんの数えるほど。……こんな私が、今更生母だなどと言える道理はありませぬ」

震える声音で、蓮光院は懸命に言葉を継ぐ。

「ですが、倫子様が突然お亡くなりになられ、九つになられた竹千代君が、私のもとで暮らすことに……」

「そう…でしたか」

もとより久通は、家基がまだ竹千代であった幼少の頃のことはあまりよく知らない。

久通が家基とはじめて会ったのは、彼が元服して家基となった十六の歳だ。

「それはもう、可愛くて、可愛くて……竹千代君に、はじめて『母上』と呼んでいただいたとき、もう嬉しくて嬉しくて……」

それ故、愚にもつかぬ蓮光院の世迷い言に、久通は真摯に耳を傾け続けた。

久通にとっては将軍家後嗣の家基公だが、産みの母にとっては、ただ愛おしく、なにものにも代え難い我が子なのだ。我が子の死が悲しくない親はおらず、況《い》わんやその死に疑惑ありとすれば、この十年、最もつらく悲しい思いをしてきたのは、誰あらん、この方ではないか。

「竹千代君……家基様は、誰よりも公方様に相応しいお方と、言ってくださいましたね、柳生殿」

「はい」

「では、何故家基様はあのようにお若くして亡くなられたのでしょう？」

「………」

「日頃から、体はお丈夫で、持病など何一つなかったのですよ」

「よく…存じております」

漸く核心に迫ってきた蓮光院の言葉に、落ち着いた声音で久通は応える。

「剣術指南役として、ほぼ毎日お目にかかっておりました」

「では、あの日なにがあったのか、柳生殿はご存知ですか？」

「いいえ、それがしは御鷹狩りにはご同行できず……」

「落馬したのかもしれぬ、と——」

「え？」

「あの日家基様は、狩り場にて、落馬したのかもしれぬ、と言う者もあったのです」

「まさか……」

久通はぼんやり呟いた。

「若君に限って、落馬など、あり得ませぬ」

「まこと、そう思われますか？」

「はい」

「ですが、そう申した者がおるのです。……或いは、落馬したのは狩りの当日ではなく、狩りの前日であったのかもしれません。……異人より献上された阿蘭陀《おらんだ》の馬に試し乗りをしたのではないかと——」

「阿蘭陀の馬に、でございますか？」

「なんでも、ひどく気性の荒い馬であったとか——」

（ああ、あの馬か）

久通は懸命に記憶を手繰《たぐ》った。

言われてみれば、当時家基は、将軍家に献上されたという珍しい阿蘭陀馬を父・家治公から賜り、大層歓んでいた。

充分に調教してからでなければ乗馬してはならぬ、と言われていたため、久通の知る限り、家基はあの栗毛馬には未だ試し乗りをしていなかった気がする。

（だが、あれは、それほど気の荒そうな馬だったかな？）

久通は少しく首を傾げた。

確か一度だけ、家基から馬を見せてもらったことがある。

「剛風《たけかぜ》と名付けたのだ」

さも嬉しげに告げた家基の表情が、年齢相応に少年らしく、久通までつられて嬉しくなったのを、憶《おぼ》えている。

当時家治が、家基になかなか試し乗りを許さなかったのは、心配性故である、と久通は思っていた。

異国から来た馬であれば、言葉も通じぬであろうと慎重に扱っていただけで、そもそも将軍家に献上するため、乗馬として大切に育てられた馬である。荒々しい悍馬《かんば》でなどあろう筈もなかった。

ただ、まだ来たばかりで、新しい環境に慣れぬうちは、不安がったり神経質になったりと、落ち着かぬものだ。充分に環境に慣れさせ、落ち着かせてから乗るように、というのが、子を案じる父としての家治の意向であった。

(それ故、若君も我慢なされておられた。あの若君に限って、お父上の言いつけに背かれるわけがない)

「柳生殿?」

考え込んでしまった久通の顔をそっと覗き込んで、蓮光院は呼びかける。

「あ、いえ、その阿蘭陀馬を、若君は《剛風》と名付けられ、それは大切にしておられました」

「そう…ですか」

「それに、試し乗りをしてよいというお許しを、未《いま》だお父君からいただいていなかったように思います。……若君は、お父君とのお約束を破られるようなお方ではございませぬ」

「では矢張り、毒を……」

「え?」

久通は耳を疑った。

「毒ですと？」

「あの日家基殿は狩りの後、この寺にてご休息なされました。その折、冷たい井戸水を所望され、僧侶の手を煩《わずら》わせるのもなんだからと、お付きの小姓が自ら汲みに行かれたそうです。その水を飲んだ途端、ご気分を悪くなされ、倒れてしまわれた、とか……」

「それは…まことでございますか？」

「わかりません。……ですが、そのとき家基殿が口にされたのは、井戸水ではなく、一服のお茶であったと言う者もありました」

「…………」

しばし言葉を呑み込んでから、
久通はふと口調を改めて呼びかけた。

「蓮光院様」

「はい」

「蓮光院様は、何故斯様にさまざまなことをご存知なのでしょうか？」

「聞いたのです。その折、家基殿のお側にいたであろう者たちに……あ、お寺のお坊様たちには、瀬名に頼んで代わりに聞いてもらいました。私は長らく、お城から出ることができませんでしたので……」

「あの折、お側にいた者たち、全員に、でございますか？」

「ところが、人によって、まるで言うことが違うのです」

久通の問いの真意などわからぬまま、溜め息混じりに、蓮光院は言葉を継ぐ。

「思えば、ご葬儀やらなにやらで時が経ち、実際に話を聞くことができましたのは、家基殿のご逝去よりかなりの時が経ってからでありましたため、皆、記憶が曖昧になってしまったのやもしれませぬ」

「そうでしたか……」

気の遠くなるほど長い焦燥の日々を過ごしてきた蓮光院の心を思うと、久通もまた、深く嘆息するしかなかった。

第四章　真　相

一

鷹狩りには軍事訓練の意味もあり、未だ戦国の気風が色濃く残る三代将軍家光の頃までは盛んに行われていた。

が、四代家綱《いえつな》は生来病弱であったため、武張ったことはあまり好まず、四十歳で夭折するまで、狩り場に出ることは殆《ほとん》どなかった。

「生類憐れみの令」を発して生き物の殺生を禁じた五代将軍綱吉のとき、鷹狩りは正式に廃止され、飼育されていた鷹はすべて放鳥された。

六代家宣《いえのぶ》は学問好きで知られた将軍であるから当然狩りは好まず、幼少で将軍位を継いだ七代家継《いえつぐ》は八歳という若さで亡くなっている。

鷹狩りを復活させたのは、「享保《きょうほう》の改革」を行い、幕府にとって中興の祖となった八代吉宗《よしむね》である。

吉宗の曾孫《そうそん》にあたる家基が、鷹狩りを好んだのも当然であった。

しかし、東海寺は、綱吉とその生母・桂昌院《けいしょういん》の助力によって再建された寺である。

綱吉の嫌った殺生をした直後に、その綱吉が再建した寺になど立ち寄ったため、中には、常憲院《じょうけんいん》様のお怒りにふれたのだ、罰が当たったのだなどと言い出す者もあったらしい。

(馬鹿な話だ)

久通なら一笑に付せる話でも、蓮光院にとっては笑い事ではなかったはずだ。

兎《と》に角《かく》、どんなに馬鹿馬鹿しく思える話でも、彼女は聞いた。母親でなければできないことだと、久通は思った。

久通には確かめる度胸すらなかった。

だが、嘘かまことか判然とせぬ話をすべて聞き、そのすべてを受け容れて十年のときを過ごした人のことを笑う気には到底なれなかった。

「お父君である十代様も先年お亡くなりになられ、家基殿を偲《しの》ぶのは、最早《もはや》私以外におりませぬ」

すべてを語り終えた後、最後に震える声音で蓮光院が述べた言葉は、久通の胸に深く突き刺さった。

「もし多少なりとも、家基殿への想いが残っておられるならば、事《こと》の真相を突き止めてはいただけませぬか、柳生殿」

「それがしに……」

つい、釣り込まれるようにして久通は夢中で口走った。

「それがしになにができるか、まるで自信はございませぬが、できる限りのことをいたしとうございます。……家基様は、いまなお、それがしにとって唯一無二のご主君にございます」

「柳生殿」

蓮光院の声が更に激しい震えを帯び、湿った嗚咽《おえつ》の声に変わりかけたとき、久通は忽《たちま》ち警戒した。

目の前で女に泣かれるのはいやだし、同じ女を二度も泣かせるのはもっといやだ。

「なにかわかりましたら、瀬名殿を通じてお知らせいたしましょう」

「そ…そうしていただけますか」

「はい。承《うけたまわ》りましてございます。……外に供《とも》を待たせております故、それがしはそろそろ――」

恐る恐る辞去しようとすると、

「これは気がつきませず、とんだ失礼を。……お供の方にも、お茶をさしあげましょう。すぐにこちらへ――」

蓮光院は嗚咽を止め、急に明るい顔つきになって嬉しげに言い出すので、

「いえいえ、茶の作法など全く心得ぬ粗野な者でございます。到底お茶室にあげることなど、できませぬ。……それでは、それがしはこれにて失礼仕《つかまつ》ります」

久通は慌てて言い置き、小さく身を竦《すく》めたままでスルスルと後退すると、入ったときとは別人のように滑らかな所作で、躙《にじ》り口から外へ出た。

あとは、茶室の外で待っていた瀬名と言葉を交わし、今後の連絡方法を考えるよう伝えるだけでよかった。

万一の場合に備え、風間のことは山門の外で待たせていたから、瀬名の姿を見てもいない筈だ。

それ故、東海寺からの帰途、

「本日、一体何の御用でこちらに出向かれたのでございます？」

さも不思議そうに、風間は問うてきた。

「お参りだ」

久通は答えたが、それで納得する風間ではない。

もとより、この寺でなにかが起こることを想定して久通についてきた。山門の外で待て、と命じられたとき、真《ま》に受けてそこでぼんやりしていたわけではない。

いつ事が起こり、久通の呼ぶ声が聞こえてもいいように耳を欹《そばだ》て、一瞬とて気を抜かずにいた。

が、風間が予想したような事態はなにも起こらず、一時《いっとき》ほどして、久通は寺から出て来た。入っていったときと変わらぬ顔つきに、着衣や頭髪が特に乱れるといったこともなく――。

「一時ものあいだ、お参りをなされていたのでございますか？」

風間が訝《いぶか》しむのも当然だった。

「中で、なにをしておいでだったのです？」

「なにも――ただ、ご本尊にお参りしていただけだ」

「そんな筈はございません」

断固として、風間は言い張った。

昨夜から、ここへ来るまでの道中、死地に赴《おもむ》く覚悟を決めた主人の顔つきが、寺へ入るまでと出て来た後では、まるで違っている。

寺の中で、なにかがあったのだ。

「杞憂《きゆう》であった」

仕方なく、久通は答えた。

「え？」

「だから、すべては俺の杞憂であったのよ。俺やお前が案じていたようなことはなにも起こらなかった、ということだ」

「それがしは、殿のお身になにが起こるかを案じておりましたが、殿は一体なにをお案じになっておられたのです？」

「決まっていよう。ここへ来たら、殺されるのではないかと案じていたのよ」

「え？」

風間は一瞬間当惑し、

「まさか、そのような……そのような危険なところへ、お一人で……」

それから大いに狼狽《うろた》えた。

「だからそちについてきてもらったではないか」

風間の大仰《おおぎょう》な狼狽《うろた》えぶりを内心疎《うと》ましく感じ、久通は次第に不機嫌な口調になる。

「な、なれど殿はそれがしを山門の外で待たせ、お一人で寺の中へ入られたではありませぬか」

「中でなにか起これば、そちは気づくであろうが」

「そ、それがしなど……殿のお命を狙ってくるような輩《やから》に……な、何の役にも立ちませぬぞ」

「何事もなかったのだから、もうよいではないか」

「よくはございませぬ……だいたい、そういうことでしたら、予《あらかじ》め仰有《おつしや》っていただかねば……と、殿ッ、殿……」

懸命に追い縋るが、息が切れて言葉が続かなかった。

それもそのはず。風間との押し問答が面倒になった久通は、一途《いちず》に足を速めていたのだ。鍛えられた久通の足についてこられる者は少ない。

それでも、

「と、殿、お待ちくだされ。後生でございます。……いま少し、ゆっくり歩いてくだされませ」

口では懸命に懇願しつつも、結局どうにかついてこられたのだから、風間もさすがに御庭番であった。

（先ず、寺に着いてすぐ、冷たい井戸水を所望した、というのは有り得ぬな）

久通は、蓮光院から聞かされた話を一つ一つ吟味し、信憑性の稀薄なものから除外してゆくことにした。

家基の死は、二月二十四日のことである。旧暦二月末は、季節でいえば春には違いないが、まだ浅く、昼夜の寒暖差は激しい。その日が、春の嵐ともいうべき悪天候であったことは、己の日誌にも記録されていた。

であるならば、春未だ浅い季節、冷たい雨に打たれた体で、冷たい水を所望するわけがない。

東海寺で家基が先ず喫したのは、温かい一服の茶であった筈だ。

落馬のくだりについては、蓮光院から聞かされた瞬間、

（あり得ない）

と一蹴したが、よくよく考えれば、久通が知らないだけで、父の言いつけに背《そむ》いても、どうしても《剛風》に乗ってみたい、という己の欲求に抗しかねたのかもしれない。

よく躾《しつ》けられ、人に馴れた乗馬といっても、言葉の通じぬ異国の獣のことだ。なに

かの拍子に機嫌が悪くなり、主人を振り落とさないとも限らなかった。

それ故、落馬説については一旦保留、とした。

（それにしても……）

どんな些細な証言であっても真摯に受け止め、そのすべてを憶えていて久通に告げた蓮光院の執念には、ただ頭《こうべ》を垂れるしかない。

なによりも先ず、この十年近く、己が、

（なにもしてこなかった）

という負い目もあり、一度《ひとたび》思い立つと、一心不乱そのことに没頭した。

東海寺に行ったその翌日、久通は旧友を訪ねた。

いまは小石川《こいしかわ》養生所の医師をしている旧友と会うのは、実は十年近くぶりである。

養生所は町奉行の配下に所属する機関であるから、本来奉行に就任した時点で一度は訪れるべきだった。

が、就任当時は兎に角それどころではなく、己の足下を固めるのに必死であった久通は、全く歯牙《しが》にもかけていなかった。それ故、内心申し訳なく思いつつの訪問となった。

診察中だというので、客間でおとなしく待っていると、ほどなく、血に汚れた術衣のままで、その男――楠本新三郎《くすもとしんざぶろう》は姿を現した。

「どうだ、あれから、斑《ぶち》は元気か？」

並外《はず》れて大きい声で言い、一人で笑う。

代々幕府の医師を務める家柄に生まれ、二人の兄たちはそれぞれ大藩の御殿医に出世したが、新三郎一人は窮屈な屋敷勤めを嫌い、市井《しせい》の町医者でいることを望んだ。

久通とは、謂《い》わば竹馬《ちくば》の友で、子供の頃に通った学問所では机を並べた仲である。

「斑ではない。雪之丞だ」

仏頂面で久通は応えるが、たった一人の殿様の脈を診るよりは、一人でも多くの命を救いたい、と望み、栄達の道を選ばなかった新三郎の医師としての姿勢には、もとより一目《いちもく》も二目も置いている。

「その雪之丞が、腹でもこわしたか？……俺は、前にも言ったが、人を診る医者だ。猫のことは皆目わからんぞ」

「雪之丞はいたって息災だ。……今日は、人の病について訊きに来た」

「町奉行が、人の病を知ってなんとする？」

問い返しつつ、新三郎は忙《せわ》しなく着座する。と、同時に、下働きの小娘が慌てて運

「久しいのう、玄蕃」

んできた茶碗を、まだ盆の上にあるうちに自ら取り上げ、ひと息に飲み干した。

（熱くないのか）

他人事《ひとごと》ながら、久通は瞬間ドキッとするが、おそらく小娘は主人の癖を既に知っていて、ひと息に飲み干せるほどに冷ました茶しか持ってこないのだろう。

（相変わらずだな）

久通は内心舌を巻くしかない。

前回新三郎を訪ねた際には、雨の晩に拾って衰弱しきった仔猫を、彼に託した。

「猫のことなど、俺にわかるかッ」

口では怒声を発しながらも、小さな命を掌《てのひら》にのせ、そっと撫でたり、さすったりしてくれた。滋養のあるものを食べさせ、少し元気が出て来たら、餌に混ぜて与えてみろ、と、ごく少量ながら、高価な人参を分けてもくれた。

新三郎とは、未だ十にもならぬ童《わらべ》が通う塾でほんの一〜二年を一緒に過ごしただけの仲である。

医師の家柄と剣客の家柄とでは、そもそも進むべき道が全然違う。家が近かったため、外出時にたまたま顔を合わせることはあっても、せいぜい戯《ざ》れ言を交わし合う程度で、深く語らうような機会は一度もなかった。

それでも、久通が新三郎に対して一目《いちもく》置いていたのと同様に、新三郎もまた、久通には特別な思いがあったのだろう。

将軍家後嗣《こうし》の剣術指南役という大役を得て、水を得た魚のようになっていた筈の旧友が突然訪れ、懐《ふところ》から息も絶え絶えな仔猫を出して、「助けろ」と言い出したときは、驚きよりも、危機感が勝った。

久通が剣術指南をしていた将軍家後嗣の急死は、その頃には巷間《こうかん》にも知られるようになっていた。

久しぶりに見た旧友の顔が尋常でないことも、瞬時に知れた。

はじめは、心を病んでいるのではないか、と疑った。或いは、病んでいないとしても、何《いず》れ病んでしまうのではないかと、新三郎には思えた。それ故、その小さな黒猫の命を救うことが、久通にとってなによりの重大事であるということも、理解できた。

(或いは、この仔猫の命に、お世継ぎ様の命を重ねているのか)

新三郎は、彼なりに久通を理解しようとし、その上で、いまにも壊れかかっているその心を助けたい、と思った。

それ故に、懸命に仔猫を——雪之丞を助けることに力を尽くした。

新三郎の診る限り、一見ぐったりして見えても仔猫の呼吸は存外強く、おそらく長らえるであろうと思われた。

「その猫、お主が育てるのか？」

「ああ、助かるのであれば、当然そうなる」

「世話のできる者はおるのか？」

「俺がみる」

「え？」

「俺が拾った俺の猫だ。俺が世話をする」

「そうか」

それきり、久通が新三郎の許《もと》を訪れることはなかったが、風の噂に、久通が城勤めを続け、やがて目付に出世したことを知った。

更には、一昨年小普請奉行に出世し、今年になって、とうとう北町奉行となった。

（たいしたものだ）

《今大岡》とあだ名され、市中の噂の的となっている久通を、我が事のように誇らしくも思った。

「それで、一体なにが訊きたい？」

「………」

新三郎に問われて、久通はしばし言葉を呑み込んだ。少しく考えてから、ゆっくりと問う。

「持病も宿痾《しゆくあ》もない壮健な者が、毒を盛られたわけでもないのに、ある日突然体調を悪くして倒れ、三日のうちに死んでしまう、というようなことがあろうか？」

「ないこともない」

新三郎は、即答した。

「あ、あるのか？」

思わず身を乗り出して、久通は問い返す。

「ある」

「ど、どのような病だ？」

「病とは限らん」

身を乗り出してくる久通をいなすように新三郎は言い返し、

「例えば、倒れる以前に──前日か前々日かにでも、強く頭や体を打つなどといったことがあったのに、なんの手当てもせず、安静にもしていなければ、その際の打撲が致命傷となることもある」

「打撲がか？」

「ああ」

「例えば、落馬のような？」

「ああ、打ち所が悪ければな」

「だが、打ち所が悪ければ、その場で命を落とすのではないか？」

「それが存外そうでもないのだ。落馬の際、確かに打ち所が悪ければ即死することもある。だが、咄嗟に巧く受け身をとれば、急所に打撃を受けずにすむ。それで、全くなんの痛手も受けずに済む場合もあれば、とんでもないところに痛手を受けていることもあるのだ」

「厄介だな」

新三郎の言葉が長くなってきたので、つい久通は苛立《いらだ》ちを口走る。

「厄介に決まっていよう。人の体だぞ」

ここを先途《せんど》と口調を強め、新三郎は言った。久通の勝手な言い草が、そろそろ腹に据えかねている。

「では、そうした予めの打撲などがない場合には？」

新三郎の腹立ちにはとりあえず目を瞑《つむ》り、久通は問い返す。

「………」

一瞬間言葉を呑んでから、

「悪疫だな」

仕方なく、新三郎は述べた。

「悪疫に罹患すれば、それこそ、三日といわず、その日のうちに命を失うこともある」

「どのような悪疫だ？」

「どのようなというて……例えば、血屎《ちくそ》のような――」

「血屎には、下痢や嘔吐という症状があろう」

久通は言い返す。

それくらいの知識は久通にもあった。

「斯様《かよう》な症状はなく、ただ風邪に似た症状で、体が重く、食欲がなくなるような病はないのか？」

「風邪に似た症状か？」

新三郎は考え込んだ。

「それは……」

「どうなのだ？」

「困ったな」

新三郎は難しい顔をして考え込む。

「どうした？」

「無数にある」

「え？」

「それこそ、無数にあるのだ」

「なんだと！」

「大抵の病は、風邪に似た症状からはじまり、放っておけばやがて悪化する。……そのような症状の悪疫は、それこそ無数にある」

「では……では、年齢ではどうだ？」

久通は懸命に言い募った。

「若い者に限って罹る病はないか？」

「それも、無数にある」

「…………」

「ただ——」

新三郎はふと口調を改め、久通の顔を真っ直ぐに見返した。

「ただ?」

「発病して、三日のうちに確実に命を奪うのであれば、矢張り毒が、最も確実だと思うぞ」

「新三郎、それは……」

「既にこの世にいないお人の死因を、お前は知りたがっているのだろう、玄蕃?」

「…………」

「宿痾もなく、壮健そのものであった者が突然倒れて三日後に死んだというのであれば、それは、なによりも真っ先に毒を疑うべきだ」

断固たる口調で新三郎は言い、彼にとっては甚《はなは》だ無意味な問答に冷たい結論を突き付けた。

久通には、それ以上言い返す言葉はなかった。

二

その日は朝からよく晴れていた。

まさに絶好の鷹狩り日和《びより》であった。

だが、昼過ぎから突如雲行きが怪しくなり、ゴロゴロと雷鳴の近づく気配がした。

狩り場には、朝から大勢の人馬が溢れている。

獲物の鶴や山鳥、鹿や猪《いのしし》たちは、その気配に怯え、森の奥深く隠れてしまう。

そのため、予め捕らえてある獣を、狩りがはじまってまもなく、狩り場へ放つことになる。

予め捕らえられているため、相応に弱ってもいる。将軍家主催の鷹狩りにては、常に行われてきたことだ。

誰も、なにも疑問になど思わない。

そのとき、一際《ひときわ》強く雷鳴が届いた。

その激しい轟《とどろ》きと閃光に、馬は怯える。

ひひぃーッ、
怯えて竿立ちになる馬は少なくない。

落馬する者も少なくなかった。

家基は、その年若さにしてはかなりの名手であったから、落馬などしない。第一、家基の馬は稀に見る名馬であったから、雷鳴に怯えて竿立ちになることなど全くなかった。

雷雨の中でも、何頭も何羽も、獲物を仕留めた。馬術と同様、弓矢も相応の名手であった。

兎に角、城の外に出ているということが、なによりも楽しい。

雨に打たれながら馬を駆ることも。生き物の気配を身近に感じることも――。

悪天候の中で、あたふたと狼狽え騒ぐ臣下たちを見ることも、どれもが、城中にいては経験できぬ貴重な体験の連続だった。

「若君」

とうとう、たまりかねた小姓頭《がしら》の木村《きむら》采女《うねめ》が、家基に訴えた。

「この雨、当分やみませぬぞ」

「そのようだな」

「なれば、何処かで休息いたしませぬか。このままでは風邪をひいてしまいます」

「何処か、よいところがあるか？」

「山を出て少し行ったところに、大きな禅寺がございます」

禅寺の名を敢えて東海寺だと言わなかったのは、矢張り、殺生を禁じて鷹狩りを廃止した綱吉の寺だと知れば、家基が嫌がるのではないか、と忖度《そんたく》したためだろう。

しかし、実際にはその寺が東海寺だとわかっても、家基は別になんとも思わなかっようだ。世の中には、なんでも忖度しすぎる人間がいる。

東海寺に立ち寄ったときには、誰の着衣も泥塗《どろまみ》れであった。

一時とはいえ雨も激しく降った。ために、行縢《むかばき》はもとより、袴《はかま》も泥にまみれ、中には下帯まで濡れそぼちている者もいた。

だが、家基は落馬したわけではないから、行縢に多少泥が撥ねたくらいで、それほど汚れてはいない。

それ故、庫裡にあがる前に乾いた着物に着替えるだけでよかった。

庫裡に通され、しばし休息した家基は、ほどなく寺からふるまわれた茶漬けや煮物を、またたく間に平らげてしまった。

朝、狩り場に出てから、昼餉をとるのも忘れて狩りに熱中していた。料理の匂いを嗅いだ途端、忽《たちま》ち空腹を思い出したのだ。

「しばしお待ちを――」

もとより小姓頭の木村は、咄嗟《とっさ》に止めた。

「お毒味を――」

それだけは、最低限、小姓近習の務めである。

通常、狩り場にお毒味役は同行しない。それ故、火急の際には、側《そば》近く仕《つか》える小姓や近習がその役を果たす。

「要らぬ」

だが――。

空腹に耐えかねた家基は、小姓頭の制止を無視して箸《はし》をとり、目の前に供された膳のものを口にした。

「美味《うま》い」

煮物の牛蒡《ごぼう》を口にするなり、家基は思わず口走った。

「美味いぞ、木村」

すぐに続けて、芋《いも》と高野豆腐も口に入れた。充分に出汁《だし》が染みて、得も言われぬ美味《お》しさであった。城中で口にする料理より、何倍も美味いと感じられた。

「寺で供されるものに、毒など入ってるわけがあるまい。……かまわぬから、そちらも食するがよい。腹が減っているのはそちらも同じだ」

家基は小姓や供の者たちにも勧め、自らも夢中で食した。

出された料理はほぼ平らげ、結局茶漬けを二杯もおかわりした。

城中にいるときとは別人のようなその健啖ぶりに、お付きの者らは皆驚いた。

空腹を満たすと、家基は忽ち睡魔に襲われた。

夜明けと同時に狩りがはじまるため、その日は当然早起きをした。

ごろりと身を横たえるなり、放っておくとそのまま寝入ってしまう様子である。木村は慌てて別室に寝床を調《ととの》えさせ、家基をそこに誘《いざな》い、寝かせた。

ほんの数刻の仮眠をとるだけかと思ったら、家基の眠りは存外深くそのまま朝まで眠り続けた。

朝になり、身なりを整えさせようと、盥《たらい》や手拭いを持ってきた小姓たちに向かって、

「頭が痛い」

と床の中から、家基は訴えた。

確かに顔色が悪く、起き上がるのもつらそうだった。

「体も怠《だる》い。…起き上がれぬ」

「なんと！　すぐに医師を呼びまする」

昨日雨に濡れたせいで、風邪でもひいたのだろうと小姓頭は思い、とりあえず、すぐに来られる近所の医者を連れてこさせた。

「お風邪でございましょう」

騒ぎになるとまずいので、将軍家後嗣の身分は伏せ、大身《たいしん》の旗本家の子息というこ

とにしてある。それでも、宿場の町医者にとってはこれまで診た中で最も高貴なお方である。

震える手つきで風邪に効く薬を処方し、自ら煎じた。

だが、その日三度薬を服し、床の中で過ごしたが、一向に快方に向かう様子はない。寧《むし》ろ、次第に悪化しているようで、顔色も悪くなる一方である。

夜にはひと匙《さじ》の粥《かゆ》も喉《のど》をとおらなくなり、慌てた木村は、城への早馬をたてた。幼少時より長年家基の侍医を務めてきた御殿医を密かに呼び寄せたのだ。

御殿医が到着したのは、その翌朝のことだった。

「これは、ただのお風邪ではないかもしれませぬ」

脈を診るなり、御殿医は忽ち顔色を変えた。

本当は、脈よりも、家基のそのひどく衰弱した顔色をひと目見て驚いたのかもしれない。

「風邪で弱ったお体に、悪疫がとりついたのやもしれませぬ」

と言い、町医者とはまた別の薬を家基に与えた。その頃には、薬はおろか、水もろくに口にできなくなっていたため、薬の大半は吐き出してしまい、殆ど嚥下《えんげ》することはできなかった。

それ故更に一夜明けても、家基は一向に快復する様子を見せない。

「若君ッ、しっかりなされませ」

木村も、他の小姓たちも、必死に呼びかけたが返事はなく、やがて家基はむなしく事切れた。

鷹狩りの後、東海寺に立ち寄って三日目のことだった。

それが、巷間《こうかん》にも知られた、家基の死に関するさまざまな証言と、僅かに残された記録から窺い知ることのできる、事実であった。

三

（結局、なにもわからぬままか）

久通は深く嘆息した。

この数日、彼方此方《あちこち》出向いて調べ物をしたり、人に話を聞いたりしたが、結局、蓮光院から聞かされた以上の情報は何一つ、得ることができなかった。

（毒を疑え、と新三郎は言ったが、では何時《いつ》誰が、毒を盛った？）

蓮光院の話に間違いがなければ、その日家基は城を出てから東海寺に着くまで、なにも口にしていない。

東海寺で茶を喫するまでは、ろくに水すら飲んではいなかった。

「口にしてから、きっちり三日後に効き目の出る毒とは、一体なんだ?」

と久通は新三郎に問うたが、

「特定はできぬ」

新三郎は首を振るばかりであった。

「どの毒を、どれだけ与えればその者が三日の後に命を落とすか、余程毒に詳しい者でなければ、わからぬ」

「そんな……」

久通は途方に暮れるしかなかった。

東海寺では、ふるまわれた食事を、毒味なしに家基は口にした。城中ではあり得ぬことだ。常に入念な毒味を経た御膳だけが、家基の前に供される。

だが、家基が食べたのと全く同じものを、小姓らをはじめ、お付きの者たちも口にしている。もし食事に毒が盛られていたなら、他の者たちも家基と同じ症状に陥《おちい》り、死にいたっていた筈だ。

しかし家基以外の誰一人、東海寺で命を落とした者はいない。

「俺は、残念ながら、毒にはさほど詳しくない。だが、ある薬が、人によっては薬となり、毒ともなることを知っている」

「どういうことだ？」

判じ物のような新三郎の言葉に、久通は焦《じ》れた。

「人にはたまさか、そういうことがあるのだ。……ほれ、食べ物でも、よくそういうことがあるだろう。同じものを食べても、一人だけ腹をこわしたり、食あたりしたりする。あれと同じことだ。……ちなみに俺は、牡蠣《かき》が食べられぬ。牡蠣を食べると必ずあたる。あんなに美味いものなのに、残念だ」

「薬にも、そんなことがあるのか？」

「ある」

「だが、薬のことなど、医者でなければわかるまい。それも、しょっちゅうその者を診ている者でなければ……」

言いかけて、

（そうか！　侍医か！　侍医ならば、あのお方のお体のことを知り尽くしていて当然!!）

久通はそのことに思い当たった。

思い当たると、新三郎に礼を言い、久通は早々に養生所を去った。

新三郎を訪ねた甲斐があった、持つべき者は旧い友だなどと思いながら、やや浮かれた足どりで帰路を辿っていたとき、

(だが、待てよ)

久通はまた、思い当たってしまった。

(若君の侍医が東海寺に呼ばれたのは、若君が寺に入って三日目…そのとき既に、若君は死の床にあった。……では、侍医の命《めい》を承《う》けた何者かが、料理に毒を混ぜたか?若君のお体にだけ害をなす毒を?)

兎に角、当時の侍医に会ってみようと考えた。

家基の命を救えなかった当時の御殿医は、即ち罷免された。

もしそれが、城中にて起こったことなら、それこそ切腹ものだが、家基が倒れたのは外出先であり、彼が呼ばれたときには、家基は既に死の床にあった。その状態から快復させるのは、如何なる名医であっても不可能だったろう、ということで、御殿医の任を解かれるだけですんだ。

だが、御殿医にまでのぼりつめるほどの医師だ。もとより、名の知れた名医である。すぐにどこぞの大名家にでも召し抱えられたかもしれない。医師のことに詳しいのは

典薬頭《てんやくのかみ》だが、町奉行の配下にも、寄合医師・小普請医師といった者たちがある。彼らは代々幕府の医師を務める家柄の者だから、他の幕府医師についても詳しい筈だ。

が、

（なんだ。それも、新三郎に聞けばよい話ではないか）

と気づいた。

新三郎の実家である楠本家も、代々幕府医師の家柄である。

気づくと久通はいま来た道を大急ぎで戻り、再び新三郎に面会を求めた。

新三郎は既に常の診療に戻ってしまい、再び客間で待たされることとなったが、久通は根気よく待った。

待たされること、一刻――。

「なんだ、また来たのか」

余程疲れているのか、久通の顔を見るなり、新三郎は心底辟易《へきえき》した顔つきになった。

到底、直属の上司に向ける顔つきではない。

が、久通は別にそんなことを気にはしない。

「で、今度はなんだ？」

不機嫌に問う新三郎に対して、久通は大真面目に自説を唱え、その果てに、罷免された御殿医のその後を知らぬか、と問うた。

「なんだ、お前、知らなかったのか？」

新三郎はさすがに驚き、顔色を変えた。

「あの折、御殿医の職を解かれた藤木《ふじき》様は、それからまもなく、亡くなられた」

「え？」

「お世継ぎ様をお助けできなかったことを苦にして……」

「自害されたのか？」

「いや、病に罹《かか》り、しばらくの間床に就かれていた、と聞いた」

「なんの病だ？」

「噂では、次第に痩せ細り、最期は枯れ木のようだった、というから、大方、若君を死なせてしまったことを気に病んで酒浸りとなり、次第に食も細くなった挙げ句、脾《ひ》臓《ぞう》か膵臓《すいぞう》を病まれたのであろう」

「それは、若君に毒を盛ったという罪悪感から、心を病み、やがて体も病んだ、ということなのか？」

思いきって、久通は問うた。

「………」

新三郎は答えなかった。

疲れきった上に、苦渋を伴う問いを突き付けられて、すぐには答えられなかったのだ。

「医師が、自ら望んで人の命を絶つなどということは、俺はあり得ぬと思う。いや、思いたい……」

苦しげに顔を背けた新三郎の表情から、久通は漸く《ようや》、己がどれほどひどい問いを、発してしまったということを知った。それ故、

「すまぬ、新三郎」

久通は素直に詫びた。

「医師が、望んで人の命を奪うなどとは、俺も思いとうない。だが、疑わねばならぬのが、そもそも俺の仕事なのだ」

「わかっている」

最前訪れたときとは別人のように冷めた声音で、新三郎は応えた。

「いえ、よくわかっております、お奉行様。……ですが、本日はもう、なにもお答えできることはありませぬ故、お帰り願えますか」

他人行儀な口調で冷ややかに言われてしまうと、久通にはもうそれ以上、言い返す

ことも留まることもできなかった。

「すまぬ」

もう一度詫びて、久通は養生所をあとにした。

今度こそ帰途につきながら、二人といない大切な旧友の心を傷つけてまで、己は一体なにをしているのだろう、という疑問に襲われた。

(仮に、真相が明らかとなったところで、若君が生き返られるわけでもないのに)

どうにもならぬ虚しさで、久通は激しく打ちのめされた。

だが、こんなものは、ほんのはじまりでしかないという覚悟も、久通にはあった。

なにしろ、既に十年のときが経っている。

今更、易々とその真相を知れるとは思っていない。

四

当時家基の小姓頭をしていた木村釆女が、王子権現《おうじごんげん》の近くで小庵を結び、ひっそり暮らしていると久通が知ったのは、全くの偶然だった。

例によって、評定所の書庫で古い記録を読み漁《あさ》っていたとき、部屋の外の話し声を聞くともなしに聞いてしまったのだ。

式日でもなく、立合や内座寄合があるわけでもない評定所に、平素奉行が来ることはない。おそらく、評定所勤めの目付か、その部下たちであろう。

「そうそう、八月に王子権現の例祭があってな」

「なんだ。王子くんだりまで神頼みに行ってきたのか」

「いいだろう、別に。ご利益があるんだから」

「本当にあるのかね」

「あると信じればある。日頃の信心が大切なのだ」

「なにが信心だ。どうせ祭の騒ぎがめあてであろうが」

「いいだろうが、なにがめあてだろうと。……そんなことより、その折珍しい御仁を見かけたのだ」

「珍しい御仁？」

「ほれ、昨年亡くなられた先代様のお世継ぎであられた権大納言様《ごんだいなごん》……そのお小姓頭だった……名はなんといったか？」

「木村…確か、木村ではなかったか？」

「そうだ、木村だ。その木村某《なにがし》が、権現様の近くの小さな庵に入っていくのを見た」

「ああ、確か、権大納言様が急逝なされてお役御免となった後は出家したと聞いたが……」

「運の悪い男よのう」

「まったくだ。世が世なら、今頃は将軍家お側用人《そばようにん》にでもなり、権勢をふるったであろうに……」

(なんだと!)

久通は慌てて障子を細く開けたが、そこに人影はない。足音は既に遠ざかりつつあった。久通は障子から顔を僅かに覗かせて廊下を見る。

だが、久通のいる部屋の前をとっくに通り過ぎた黒羽織に絣《かすり》の着流し姿の二人の男は、最早廊下のはずれまで到り、久通の視界から完全に消えるところだった。

(小姓頭の木村だと?)

久通は確かにそう聞いた。

小姓頭の木村采女は、側仕えの責任者として本来ならば切腹すべきところ、何故かお役御免だけですまされ、家も改易にはならなかった。

だが、自らの責任を重くとらえて官を辞し、出家した。妻は離縁されて子とともに実家に戻り、木村の家は途絶えた。

（確かに、家基様の死はあまりに突然で、誰に責があるという類《たぐい》のものではなかった。とはいえ、御殿医をはじめ、誰一人責を問われていないというのも、些《いささ》か異様だ）

直ちに王子村へと足を向けつつ、その道々で久通は思った。

尊い身分の者が天寿を全うすることなく不慮の死を遂げれば、必ず周囲に累《るい》が及ぶ。然《しか》るに、誰一人責めを承《う》けていないのは、なにか余程の力が働いたためだ。

（つまり、小姓頭の木村も御殿医も、暗殺の黒幕と通じていて、それ故命を救われたのではないか？）

久通は漸くそのことに思い当たった。

ただ闇雲に真実が知りたい、と焦るばかりではなにもわからぬままだ。家基が何者かに毒を盛られて命を落としたのだとすれば、それを命じた黒幕が誰なのか、それを知るのが肝要なのだ。

（あの折、家基様を殺したのはときの老中・田沼意次《たぬまおきつぐ》だと、江戸の市中でまで囁かれたものだが……）

久通はそれを半ば信じ、半ば疑った。

昨年、天明六年、田沼は権勢の座を逐われ、屋敷まで没収された上、虚しく蟄居《ちっきょ》させられている。嫡男の意知《おきとも》はいまより三年前の天明四年に城中で殺されていたから、最早この世になんの望みも持てぬに違いない。もし家基殺しの黒幕が巷間囁かれたとおり田沼の仕業であるならば、この落魄《らくはく》ぶりも因果応報というものだが、それでは久通が我が手で家基の仇を討つことができない。弱った者にとどめを刺すのは久通にとって快いものではなかった。

(どうせなら、他の者であってほしいところだが。……だが、だとすれば一体何者が?)

ぼんやり思案しつつ一時ほど歩くと、久通は目的地に到着した。

王子権現は、八幡太郎義家《はちまんたろうよしいえ》が、奥州征伐の折に願《がん》をかけたといわれる由緒ある神社だが、社殿は元弘《げんこう》年間からのものであるため、さすがに古い。

一応本殿にお参りしてから、久通は件《くだん》の庵を探してみた。

既に時刻は暮六ツに近く、あたりに人影はなかった。神社の周辺は田畑や樹林が多く、人の住まう家も疎《まば》らで、その殆どが農家であった。

それ故、久通は存外容易《たやす》く、その草庵を見つけることができた。

神社の周囲を流れる川に沿って川下のほうへ進むと、こんもりと茂った雑木林があり、その入口あたりに、人の住むらしい茅葺《かやぶ》きの小さな家があった。明かりは灯っていなかったが、仄《ほの》かにたち上る竈《かまど》の煙を見たように思ったのだ。

「卒爾《そつじ》ながら——」

なんと言えばよいか、言葉に迷いながらも、久通は戸口の前にたち、呼びかけた。

「こちらに、木村采女殿がおられると聞いてまいったが——」

中の気配を窺うのに夢中で、背後への警戒を怠った。

(しまった！)

が、感じるより早く、無意識に体が動いた。

背後に複数の敵が迫ったことを察し、間合いに入られるより一瞬早く、跳躍して脇の楡《にれ》の木の陰へと身を処したのだ。

「………」

揃いの印半纏《しるしばんてん》を身につけた、職人か鳶職《とびしょく》のような男たちが総勢五名、得物の長ドスを手にジリジリと久通に近寄る。

得物が長ドスなのはその身形《みなり》に合わせてのことで、彼らの正体が堅気の職人でないことは一目瞭然だった。

「やッ」

短い気合とともに、長ドスを突き入れてくる最初の一人を軽く躱《かわ》して、久通は巧みに幹陰に身を隠す。長ドスは虚しく空を斬り、久通の盾となった幹に突き刺さる。

「やめろ」

首領格の男が、低く命じた。

「殺さず、生け捕りにするんだ。迂闊《うかつ》に間合いに入るんじゃねえ」

他の四人は、無言でその命《めい》に従う。即ち、揃って一歩後退し、但し、今度は一定の間合いをとりつつ久通の背後へとまわり込む。退路を断ち、ジリジリと包囲を狭めてゆくつもりだろう。一糸乱れぬ動きであった。

（なんだ、こやつらは――）

久通が刀の鯉口《こいぐち》を寛《くつろ》げかけたとき、

「ちょっと、待って！」

どこか聞き覚えのある女の声がする。

「その人、違うよ」

「え？」

声には出さぬが、軽く驚く気配があり、

「北町のお奉行様だよ」

「なんだと！」

今度は声に出して首領らしき男が驚き、

「北町奉行の柳生久通様ですよ。……盗賊なんかじゃないよ、お頭《かしら》」

胡蝶《こちょう》のような身ごなしの女が素速く走り込んできて、首領の耳許《みみもと》に囁いた。

見れば、編笠に日和下駄《ひよりげた》、三味線《しゃみせん》を背に担った、門付《かどづけ》の鳥追い女である。

仮に日が暮れ落ちていなかったとしても、編笠に隠れた女の顔はわからなかったろう。

しかし、その身ごなしと肢体には、見覚えがある。

「なに、それはまことか、玲《れい》」

お頭と呼ばれた男が、驚きのあまり口走った声は、久通の耳にも当然届いた。

（玲？）

すると忽ち、久通の記憶に甦《よみがえ》る女の面影があった。

「まさか、そなたに助けられるとはな」

既に暮れ落ちた川沿いの道を歩きながら、苦笑を堪《たた》えて久通は言う。

久通はある程度夜目がきくし、かつて刺客として闇の世界で生きてきた玲にいたっては、真っ暗闇の中でも平然と煙草を吸ったり酒を飲んだりできるほどである。

闇夜であっても、相手の顔はちゃんと見えている。

「助けるもなにも、ただの人違いですよ。恩に着てもらう必要なんざ、これっぽっちもございません」

「あの者たちも、御庭番なのだろう？」

「はい」

と玲は素直に肯き、

「お陰様で、御庭番の中でも、一番の精鋭揃いといわれる組に入れていただきました。毎日が命懸けのお務めで、もう楽しくて仕方ありません。……お頭は、堅物で融通のきかないつまらない野郎ですけどね」

美しい笑顔を見せながら、ただならぬことを言う。

「類《るい》とは…会っておらぬのか？」

「ふふ……」

遠慮がちな久通の言葉に、玲は不敵に含み笑った。

「ばかですね、あの子は。……江戸払いになったわけじゃないんだから、恋しい男の傍《そば》にいればいいものを……」

華やかな声をあげたかと思えば、

「でも、類のそういう馬鹿正直なところが、お奉行様も気に入ってらっしゃるのでしようけど——」

一変、男心を見透かすようなことを言う。

「………」

久通は、黙って玲の顔を熟視した。

鋭く指摘されると、忽ち顔から火が出そうなほどに狼狽《うろた》えるが、その者と全く同じ顔をした女から言われるのが不思議すぎて、どう反応してよいかわからない。

「他ならぬ旦那のためです。あの子になにか言伝《ことづて》があれば、飛脚になりますよ」

久通の鈍い反応に焦れたのだろう。口辺から揶揄《やゆ》の笑みを消し、真面目な言葉つきで玲は言った。

「い、いや、言伝など……」

だらしなく言い淀んでから、

「それはそうと、御庭番は何故木村采女の身辺に目を光らせておるのだ？」

久通はふと思い出し、肝心のことを問うた。

「は？　木村……？　誰ですか？」

ところが玲は忽ち不思議顔になり、首を傾げる。

「先ほどの、庵の主《あるじ》だ。そちたち御庭番は、木村采女を監視しているのではないのか？」

「なに言ってんです、旦那。あそこは、蜻蛉小僧の隠れ家ですよ」

「なに！　蜻蛉小僧の⁉」

久通は仰天した。

「それは、まことか？」

「あたしたちの組は、もう何ヶ月もかけて、蜻蛉小僧を追ってるんですよ」

「盗賊を追うのも、御庭番の務めなのか？」

「蜻蛉小僧は、ただの盗賊ではないそうですよ」

久通の疑問の意味を察したのだろう。

「義賊と称して民に金をばら撒き、徒《いたずら》に人心を惑わす、けしからぬ者だそうです。金をばら撒くことで、質素倹約を旨とするご政道に背《そむ》いているとか、なんとか——難しいことはよくわかりませんけどね」

淡々とした口調で玲は答え、久通の驚きと混乱がおさまるのを待った。小面憎《こづらにく》いほど、聡《さと》い女である。

「そうか……」

久通は口中に低く呟いた。

（確かに、蜻蛉小僧故の殺しが起こるほど、その存在は庶民の中で大きくなっている。最早ただの盗賊とはいえぬのかもしれぬ）

「お奉行様も、蜻蛉小僧を追ってらっしゃるのでしょう？」

ふと問い返されて、久通は戸惑った。

既に木村の名を出している時点で、久通の思い違いは玲に露見している。今更体面を取り繕う必要もない。

「実はな――」

それ故久通は、今日ここへ来るに到った理由を――二人の男が聞こえよがしに言い合う声を聞いたから、とだけ、話してみた。

「それは……」

玲は瞬時になにかを覚ったようだ。

「その者たちは、聞こえよがしの声で話しながら、足音はさせていなかったのではありませんか？」

確たる口調で久通に問うた。

「確かに、足音は殆ど聞こえていなかったかもしれぬ」

「お奉行様は、おそらくあやかしの術にかけられましたね」

「え？」

「二人で話していたわけではなく、本当は一人が何処かに身を隠して声色を使い、二人いると思わせただけ。……二人の姿が見えたのも、そう思わされただけ。すべては、あやかしですよ。そいつは、評定所の天井裏か床下に潜《ひそ》んで、お奉行様を術にかけたんです」

「まさか……」

久通は茫然と口走ったが、玲の言葉に偽りのないことも、実はきっちり理解できている。

（まんまと術にかかり、王子くんだりまで、自ら罠に嵌《はま》りに足を運んだというわけだ）

ということも。

「類を江戸に呼びましょうか？」

甚だしく落ち込んだ久通の顔色に驚き、玲は問いかけたが、

「いや、やめてくれ。……いまは会いたくない」

どんよりと落ち込んだ顔色のままで、助けを求めるかのように悲痛な声を、久通は

漏らした。玲はもうそれ以上なにを話しかける気にもなれず、口を噤《つぐ》んだ。

そしてそのまま、いつ姿を消したかも気取られぬほどの幽《かそ》けさで、久通の傍から姿を消していた。

五

(俺は、無能だ)

今更ながらに、久通は思い知らされた。

最早なにをする気にもなれず、役宅に閉じこもったまま無為に時を過ごした。

「お奉行様」

すると、居間の障子の外から呼びかける者がある。

「荒尾か」

「はい」

「なんだ？」

さも億劫《おっくう》げに、久通は問い返した。

久通が一向奉行所に姿を見せぬため、仕方なくここまで出向いてきたのだろう。

「ご報告したき儀がございます」

「だから、なんだ？」

「六兵衛店の一件にございます」

（六兵衛店？）

一瞬、なんのことかと首を傾げてから、

（ああ、浅草の、あの惨《むご》たらしい殺しの一件か――）

と判った久通は、

「入れ」

身を乗り出して自ら障子を開き、荒尾を招き入れた。

いくらなんでも、障子越しに部下の報告を聞くわけにはいかない。

「失礼いたします」

久通の前に腰を下ろすと、荒尾は深々と一礼する。

「…………」

その荒尾の顔を、久通は無言で見返した。なんの迷いもなく、ただ一途に己が職務に励み、恥じることなど何一つない男の顔が、久通には眩《まぶ》しく映った。それ故すぐに目を逸《そ》らし、畳の縁へと視線を落とす。

「先日、長屋の者らを、別々に呼び出し、繰り返し話を聞いておりましたところ、次第に綻《ほころ》びが見えはじめたとのご報告をいたしましたが――」

「なにかわかったのか？」

思わず身を乗り出して、久通は問い返す。

己を無能と蔑《さげす》み、腐りかけてはいても、己の本分である町奉行の職を忘れたわけではない。

「はい。長屋の者への聞き込みと同時に、安吉と亥太郎が毎日のように出入りしていた飯屋や居酒屋にも聞き込みをいたしました。指物師の亥太郎は居職《いじょく》であります故、平素自宅で一人で仕事をしておりますが、大工の安吉には一緒に働く親方や仲間がおります。それ故、安吉の親方や大工仲間にも聞き込みをいたしました」

「それで？」

「結論から申し上げますと、安吉と亥太郎は、おそらく心中をはかったのではないかと思われます」

「なに？　心中だと！」

久通は更に顔色を変えた。

「どういうことだ？」

「安吉と亥太郎は……その、つまりそういう仲だった、ということです」

言いにくそうに口ごもりつつ、それでも荒尾は言葉を継《つ》いだ。

「そういう仲、とは？」

「所謂《いわゆる》…菊花《きっか》のちぎり、というやつでは……」

「ああ」

久通は漸く合点した。

といって、久通がその物語を知っていたわけではない。

読本作家である上田秋成《うえだあきなり》の『雨月物語《うげつものがたり》』は、刊行当時の売れ行きこそ普通であったが、中国の古典を題材とした普遍的な物語であることから長く読み継がれ、読本読者のあいだではじわじわとその存在が知られるようになっていった。普遍的な物語なので芝居にもなり易かったし、中でも、衆道《しゅうどう》を描いた「菊花の約《ちぎり》」は度々講談のネタにもなった。

それ故、「菊花」といえば、昨今では衆道の代名詞ともなっている。

それくらいの世間の常識は、久通とて知っていた。実際に読本を読んだこともなければ、講談を聞いたこともないが、盛り場にはしょっちゅう足を運んでいる。

「だが、安吉と亥太郎がそうした間柄であったとして、何故心中しなければならなか

「ったのだ？」

「それはわかりません。……ただ、長屋の住人たちにとっては、二人の心中は傍迷惑《はた》以外のなにものでもなかったのでしょう」

「何故だ？」

「相対死《あいたいじに》は、八代様の頃より、厳しく禁じられております」

「だが、相対死の厳しい罰は、不義の男女に対するものであろう。……男同士の心中についてはなにも定められておらぬ」

「無知な長屋の者どもは、そのようなこと、存じませぬ。……男同士であろうと、長屋から心中者を出したとあっては、自分たちにも累が及ぶのではないかと恐れ、それで一計を案じたようでございます」

「二人が、互いに争って死んだことにしようとしたのだな？」

「はい」

「そのために、寄って集《たか》って、あれほど酷い殺し合いの場を作ったというのか？」

「はい。仰せのとおりでございます」

「…………」

久通は、さすがに言葉を失った。

狭い割長屋の部屋の大半が血に染まり、そこにある家具や煮炊きのための鍋釜も血に汚れていたあの光景が、いまもありありと脳裡に浮かぶ。

「そもそも、二人はどのように心中したのだ？」

「恐らく、鑿《のみ》と鑿とで、お互いに相手の急所をひと突きしたのではないかと――」

「では……」

「はい。あの酷《むご》い死体のさまは、二人が憎み合って殺し合ったように見せかけるため、長屋の者たちがやったことに違いありませぬ」

（なんということだ）

久通は心中深く、嘆息した。

働き盛りの男が二人、世を儚《はかな》んで心中した。

それだけでも充分悲しい出来事なのに、周囲の者が――同じ長屋に住まう者たちが、己らの巻き添え怖さに、斯くも非情な真似ができるものなのか。

（心中であれば、互いに、互いの苦しみを長引かせぬよう、互いの急所を突き合ったであろう。……それで事切れておれば、あれほどひどい死に様となることはなかった）

久通の心は、何処までも果てのない奈落《ならく》へと落ちてゆく。

そもそも人の世には、鬼しか存在しないのか。

「荒尾」

久通はふと呼びかけた。

「はい」

「安吉と亥太郎の亡骸《なきがら》を殊更に傷つけ、まことしやかな嘘の証言を重ねた長屋の者たちを、罪に問うことはできるのか？」

「それは……」

荒尾は困惑し、口ごもった。

ということは即ち、酷いことをして二人の遺体を辱《はずかし》めた者たちを罪に問うことが難しいからに相違なかった。

「そうか。罪には、問えぬのだな」

久通は力無く呟き、虚空へ目を向けた。

真相というものは、たとえそれが明らかになったとしても、誰の心を救うこともない。

そう思うと、やりきれなさで、すぐにはなにをする気にもなれなかった。

第五章　陽炎《かげろう》のように

一

《蜻蛉小僧》の跳梁跋扈《ちょうりょうばっこ》が、甚だしい。

以前は、月に数度——十日かそこらに一度現れ、施しを与えていたのが、なんと、三日に一度は現れるようになった、という。

施す金額も、当初の一両二両から徐々に増えていて三両から五両——ときには十両も大盤振る舞いすることがあるらしい。

金を施された者は、勿論《もちろん》それを隠そうとするが、派手に溢れる小判の音がしたとか言い出す者があり、目明かしや同心が調べてみると、確かに貧家に不似合いな小判が見つかる。

「お許しくださいッ。届け出ようと思っていたところでございますッ」

施された家の者は、揃って詫びるが、如何《いか》に詫びようと、番屋にしょっ引かれることからは逃れられない。

番屋で、定廻り同心の取り調べを受けることになる。施された金に僅かでも手をつけていれば、盗っ人の金を使ったということで、盗みと同じ罪に問われる。

手をつけていないとわかれば、厳しい取り調べの末に解き放たれ、家に帰ることができる。

一両二両でも庶民にとっては充分大金なのに、五両十両などという目も眩《くら》みそうな金に手をつける者などいる筈もない。手をつけるとすれば、盗っ人と同じく大胆不敵な心を持つ者、ということになる。

しかし、こうも回数が増えた上、金額も倍増したとなると、当然盗みの回数も増える。以前のように、訴え出ることのできぬ不正な金だけを盗む、というわけにはいかなくなってきたのだろう。

「昨夜盗っ人に入られました」

「売り上げ金を、ごっそり盗まれました」

「《蜻蛉小僧》の仕業《しわざ》に相違ございません」

という訴えの声も、チラホラ聞こえはじめていた。

「《蜻蛉小僧》は、一体どういうつもりなのであろうな」

役宅の居間までこの数日間の奉行所内のこと、捕らえた罪人の取り調べ状況等を報告に来た和倉藤右衛門に向かって、言うともなしに、久通は呟《つぶや》いた。

「そもそも義賊は、悪人の金にしか手を出さぬものではないのか？」

「…………」

当惑した和倉は、黙って久通を見返した。

「善良な商家の金に手を出してまで、金をばら撒く意味がどこにある？」

「或いは、善良ではないのかもしれませぬ」

「え？」

少しく意外な和倉の答えに、久通はハッとする。

「盗っ人に入られるような裕福な商家は、どうせろくでもないことをして稼いでいるに決まっております」

「いくらなんでも、それは言い過ぎではないか」

久通が軽く窘《たしな》めると、

「いえ、善良か否かは、この際問題ではないのでございます」

和倉はいよいよ口調を強めてゆく。

「どういうことだ？」

「《蜻蛉小僧》が巷間《こうかん》言われるとおりの義賊であるならば、その《蜻蛉小僧》に狙われた商家は、即ち悪党ということになります」

（あ……）

老獪な和倉の言葉に、久通は忽《たちま》ち刮目《かつもく》した。

「それはつまり、《蜻蛉小僧》が、それを狙って、敢えて盗みに入っている、ということか？」

「そこまでは、わかりません」

だが和倉は、どこまでも冷静であった。

「これまでは一方的に奪われるままだった悪党側――金を奪われ放題だった商人どもが、逆に《蜻蛉小僧》を貶《おとし》めようとして訴え出ることにしたのかもしれません」

「なるほど」

「そもそも、《蜻蛉小僧》が、悪人の金だけを盗む義賊だというのも、疑わしい話でございました」

和倉の口調に無意識の力がこめられたのは、それこそが、彼が最も強く主張したいことだったからに相違ない。

「盗賊でございますぞ、お奉行様」

「…………」

「相手が、たとえ悪人であろうと善人であろうと、他人の金を盗むのはそれだけで罪でございます。金額の多寡《たか》に拘《かか》わらず――」

久通の戸惑いなどお構いなしに、和倉は自説を述べ続けた。

「なにもかも承知の上で罪を犯す罪人風情《ふぜい》に、なんの《義》がございましょうか。それがしは認めませぬ。義賊などという者共《ものども》を絶対に認めませせぬぞ」

(和倉が斯《か》くも頑《かたく》ななのは、或いは過去に、なにか因縁があってのことか？)

という疑問を口にはできず、久通はただ黙って和倉の熱弁に耳を傾けた。

「あやつらの正体は、出来心のこそ泥などより余程タチの悪い、大悪党でございます。悪を誅《ちゅう》する、との謳い文句の下に、堂々と盗みを行い、盗んだその金を貧者にばら撒くことで、英雄にでもなったつもりでおるのです」

「だがそちは、先日、《蜻蛉小僧》がことを、盗みの被害が報告されていない以上、ただ酔狂に金を分け与えてまわる道楽者だと言った筈だ」

喉元までこみあげる言葉を、久通は懸命に呑み込んだ。

ここで些細なことを指摘して、和倉の面目を潰す必要はない。寧《むし》ろここは、黙って和倉の主張に耳を傾けるべきである。

先日久通が、《蜻蛉小僧》の捕縛にあたって火盗改との協力を提案した際、断固としてそれに反対したのは、たんに火盗と協力関係になるのを厭がってのことだ。

和倉とて、長年町奉行所に勤める与力である以上、世を騒がす賊の存在には心を砕いている筈だ。

「確かに、以前の《蜻蛉小僧》と、最近の《蜻蛉小僧》とでは、まるで別人のようだな。このまま放っておいて、よいものだろうか」

「お奉行様でしたら、当然そう思われることでしょうな」

「どういう意味だ」

和倉の不遜な口ぶりを、さすがに久通は不快に感じる。

「或いは、近頃頻繁に市中を騒がせている《蜻蛉小僧》は、贋物《にせもの》かもしれぬということでございます」

「なんだと？」

「以前の《蜻蛉小僧》とは別人のようなのも、道理。近頃の《蜻蛉小僧》は、《蜻蛉小僧》を名乗る全くの別人。贋物でございましょう」

「………」

「《蜻蛉小僧》の探索に行き詰まった火盗が、裏で糸を引いているのかもしれませぬ」

「何故火盗が、そんな真似をするのだ？」

内心甚《はなは》だあきれ返りながら、久通は問うた。いくら火盗嫌いとはいえ、そこまでひどい言いがかりをつけるとは――。

「え？」

「しれたこと。本物の《蜻蛉小僧》を誘《おび》き出すために決まっておりましょう」

久通は再び目を瞠る。

「贋物が現れたとなれば、本物は黙っていられませぬ。或いは、卑怯な贋物を懲らしめようと、姿を見せるやもしれませぬ」

「まさか……」

「名の知れた盗賊を捕らえようとするとき、火盗の連中がよく用いる手段にございます。……まあ、斯様《かよう》な子供騙しの手にうかうかとのるのは、余程頭の悪い者でございましょうが」

「火盗はよく、賊を捕らえるためにそのような手段を用いるのか？」

「火盗の密偵には、盗賊あがりの者も大勢おるようですから、盗っ人の真似など朝飯前でございます」

「…………」

　和倉の言葉を鵜呑みにしたわけではないが、もしそれが本当であるならば、火盗改とはなんと得体の知れぬ組織であろう。いくら賊を捕らえるためとはいえ、詐術《さじゅつ》のような策謀を弄《ろう》するなど、同じお上の御用を勤める者とは到底思えない。

（もしそうなら、和倉が金輪際《こんりんざい》手を組みたくない、と言うのも無理はあるまい）

「お奉行様？」

「ああ、六兵衛店の住人どもをどうするか、という話だったな」

　訝《いぶか》る和倉に促され、久通は漸《ようや》く話を元に戻した。

「お上の取り調べに嘘をつき、剰《あまつさ》え、遺体を傷つけるという罪を犯した怪《け》しからぬ連中です。なんのお咎《とが》めもなし、というわけにはまいりませぬ」

「しかし、たいした罪には問えないのであろう」

「敲《たたき》の上、入牢させるのが、妥当かと存じます」

「長屋の住人全員を牢に入れるのか？」

「いえ、主謀者だけでよろしいかと――」

「誰が主謀者か、わかるのか？　皆で、寄って集《たか》ってやったのであろうが」

「されば、大家の六兵衛か、世話役の久蔵とやらのどちらか、或いは両名ともでもよろしいかと——」

「そんな乱暴な！……それに、大家の六兵衛は長屋とは離れたところに住もうておるから、この件には関わっておらぬのではないか」

「では、久蔵のほうでよろしゅうございましょう」

涼しい顔で、和倉は言う。

「おい、和倉——」

「されば久蔵は、己が罰を受けたくない一心で、主謀者の名を吐きまする」

「………」

久通は言葉を失い、思わず和倉の顔に見入る。

「それでよいのか？」

喉元まで出かかる言葉は、咄嗟《とっさ》に呑み込んだ。

（それでは、火盗の用いる詐術と、さほど変わらぬではないか）

という内心も、懸命にひた隠した。

和倉の言うのももっともだ。久通とて、無用に遺体を傷つけたり、口々に嘘を吐いた者たちを罰したい気持ちはやまやまであった。だが、長屋の者たちを全員同じ罪にて罰するのは難しいだろう、とも思っていた。

複数の者が関与しているならば、必ず率先して皆を唆《そそのか》した主謀者がいる筈だ。その主謀者——最初に言い出した者を炙《あぶ》り出し、これを罰することができるのであれば申し分ない。

労せず久通の望むとおりになるというのだから、余計な口をきく必要はない。寧ろここは、和倉の労をねぎらうべきであった。

「では、そのように——」

「はは」

「頼んだぞ、和倉」

できるだけ感情をこめずに久通は言い、和倉が部屋から退出してくれるのを待った。相応の信頼関係もできたし、有能な与力としてその才覚を認めてもいるが、矢張りこの男は苦手かもしれない、と無意識に久通は感じた。特に理由はない。

(そういえば、御庭番も、《蜻蛉小僧》を追っているのだったな)

和倉が去ってから、久通は改めてそのことを考えた。

何故あのとき、玲にもっと詳しく話を聞かなかったか、激しく悔やまれた。

まんまとあやかしの術にかけられ、罠の待ち受けるところへ、自らのこのこ足を運んでしまった己が恥ずかしくてならぬところへ、類の名まで出され、すっかり動揺してしまったのだ。我ながら、情け無い。だが、

（あれは、玲が悪い。……俺をからかいおって……それとわかっていたら、あのとき御庭番などに推挙せず、遠島にでもしておけばよかった）

久通は己に向かって懸命に言い訳し、遂には過去の己を激しく悔いた。

しかし、なにをどう悔いようが、玲がなにか重要な鍵を握っているであろう可能性は否めない。

（兎《と》に角《かく》、もう一度玲に詳しく話を聞きたいものだ）

と思うものの、いまは連絡をとる術もない。

（市中で源助の屋台を捜すのも悪くはないが、それにはときがかかるし、ちと面倒だな）

思案の挙げ句、

（あ！）

久通は漸く思い至った。

（御庭番がもう一人、すぐ近くにおるではないか）

思い至ると、すぐに風間を部屋に呼んだ。

風間は、先日東海寺へ同行したことなどすっかり忘れ果てたように、変わらず家事に勤《いそ》しんでいる。内与力として役宅の差配をしている風間は常に、久通が呼べば即ち参上できるところにいた。

「お呼びでございますか」

十を数えるまでもなく風間が来た。即ち、障子の外に跪《ひざまず》く。

「入れ」

久通は風間を招き入れた。

部屋の中と外で交わすべき話ではない。

「はい」

風間は促されるまま久通の居間に入り、そこで話を聞かされた。

久通は、先日王子権現まで誘き出され、あやうく御庭番の手によって命を奪われかけたことを風間に話した。その上で、そのとき、久通の前に現れた御庭番たちに連絡をとるにはどうしたらよいかを、問うた。

「………」

風間は応えず、ただ茫然と久通を見返していた。

「どうなのだ、風間？　なにか、連絡をとる手だてはないか？」

すべてを語り終えた後で、久通は風間に問うた。

「………」

「風間？」

御庭番としての風間の経験と知識に、久通は期待した。

「どうした、風間？　何故答えぬ？」

なかなか答えようとしない風間に焦れて久通は更に促したが、

「何故《なにゆえ》それがしに、斯様な話を？」

茫然とした顔つきのまま、それでも精一杯真摯な口調で風間は問い返す。

「え？」

「何故、それがしのような者に、斯様に重大なお話をなされるのでございます？」

「お前の気働きに期待してのことに決まっていよう」

「え？」

「だから、御庭番たるお前の――」

「一体、なんの話でございます？」

「………」

泣きそうな声音で問い返してくる風間に、久通は閉口した。

「な、なんの話というて……」

「それがしは、御庭番ではございませぬ」

「え？」

久通は一瞬間耳を疑う。

「いま、なんと？」

「ですから、それがしは、御庭番ではございませぬぅ……」

「え？　いや、まさか……」

久通は戸惑い、忽ち混乱する。

「し、しかし、ならば何故、そちは当家に遣わされたのだ」

「存じませぬ。……それがしは、ただ殿にお仕えせよと御前より命じられましたので……」

「そうだ、御前……いや、ご老中が、自らそちをご推挙されたのだぞ。御庭番でもない者を、何故我が屋敷に召し抱える意味がある？」

「ですから、それがしはなにも存じませぬッ」

久通の追及にたまりかね、風間はその場に平伏した。

「では……では、そちは何故先日東海寺についてきたのだ？」

「え？」

「俺が何者かに命を狙われていると知るからこそ、刺客の襲撃から俺を守らんとして、ついてきたのではないのか？」

「そのようなことは、なにも存じませぬ！」

風間は必死で訴えた。

「では何故ついてきた？」

「それは……あの折にも申しましたとおり、殿があまりに、お覚悟を決めたお顔つきでありました故――」

「覚悟とは、なんの覚悟だ？　何故御庭番でもないそちが、俺の事情を知っておるのだ」

「殿のご事情は、それがしの与《あずか》り知らぬことながら、殿が自ら、お命を断つ覚悟でございましたことは、お顔を見ればわかりました。あの折も、そう申し上げたではありませぬか」

「ご老中に言いつける、と言って俺を脅したではないか」

「そう申し上げれば、諦めてくださるかと思ったからでございます……それがしは、何度も申しまするが、長年武家奉公をしてまいりました中で、何度か、主人の自害や刃傷《にんじょう》といった凶事に遭遇してまいりました。……武家は、無事にお役目を全うし、そのお家をお子に譲り渡してこそ。如何なる事情があれ、自ら命を断ったり、刃傷に及んで他人を害した果てに切腹閉門、お家断絶などとなってはならぬのです。……それがしは、御主人の短慮によってお家がとり潰され、悲しい思いをなされたご遺族を、見てきております。あのようなこと、決してあってはならぬのです」

「だが、俺には妻も子もないぞ」

風間の熱弁を半ば呆れ顔に聞き流し、冷めた声音で久通は言い返す。

「今日死のうが明日死のうが、悲しむ遺族はおらぬ」

「半兵衛殿がおられるではありませぬか。それに、雪之丞も……」

「え？」

「半兵衛殿は、謂《い》わば殿のお父上、雪之丞は殿のお子のようなものではございませぬか」

「…………」

「それ故それがしは、殿に御翻意していただきたく思い……」

「ついてくれれば、翻意させられると思ったのか？」

「それはわかりませぬが、それがしは、ただそれがしにできることをせねばならぬと思いまして──」

「東海寺には、俺の命を奪わんとする罠が仕掛けられていたのかもしれぬ。刺客に囲まれた俺を目の前にして、一体どうするつもりだったのだ？　御庭番でもないのに」

「………」

「一つ間違えば、己が命を落としていたかもしれぬのだぞ」

「それがしにも、家族はおりませぬ故──」

平伏し、額を畳に擦りつけたままで風間は応えた。

「風間、お前……」

久通は茫然と風間の後頭部に視線を注いだ。

「もうよいから、頭をあげよ、風間」

「………」

「そちを責めてはおらぬ、風間。……俺が勝手に思い違いをしていたのだ」

「………」

「すまぬ、風間」

「殿」

風間は漸く顔をあげたが、その目は真っ赤に泣き腫らされていた。

（風間……）

久通は容易《たやす》く絶句した。

数々の武家屋敷を渡り歩いてはその家の家事を請け負うという、謂わば渡《わたり》の奉公人である。

何《いず》れは、久通の許《もと》を去る日が来るだろうと割り切って、主人に対しても心を開かず、一線を画したつきあい方をする。そんな冷淡な男だとばかり思っていたが、どうやらそれは久通の思い違いであった。

御庭番というのもひどい思い違いだが、そもそも風間市右衛門という人間を、久通は見誤っていた。

長年側《そば》近く仕《つか》えてくれた者となんら変わらぬ、否、或いはそれ以上に主人思いの奉公人ではないか。

そう思うと、久通の胸も忽ち熱くなり、同時に瞼《まぶた》の裏も熱くなったが、辛うじて堪《こら》えた。無用に涙もろくなるのは加齢の証明であるかのように思えて、意地でも涙など見せたくはなかった。

二

（こういうことは、矢張り源助だな）

というこことが覚《わか》った久通は、翌日からまた市中に出た。

兎に角いまの久通には、御庭番が必要だった。

源助ならば、同じ御庭番として、玲へのツナギのつけ方もわかっていようし、東海寺の一件についても意見を求めることができる。

（とりあえず、以前よく屋台を出していたあたりを捜してみるか）

いつぞやの武士を真似て、絣《かすり》の着流し（色は紺《こん》だが）に編笠を被った久通が役宅の玄関口に立つと、

「お出かけでございますか、殿」

門前の掃き掃除をしていた半兵衛がすかさず寄ってきた。微行姿《しのび》であるため、見咎められたくはなかったが、意外にも、

「このようなものが、御門前に――」

と一輪の桔梗《ききょう》の花を差し出してくる。

「これが、門前に？」

久通は一瞬訝ったが、

「はい。御門の柱と木戸の僅かな隙間に差し入れられていたのです」

という半兵衛の言葉を聞き、

（瀬名か）

すぐに思い出した。東海寺を出る際、今後の連絡手段として、瀬名から——というより、蓮光院から久通に対してなにか用がある場合には、文をさし上げるか、役宅の門前にそれとわかる印を残す、という取り決めをした。印に気づいたら、一両日中に、会いに行く、とも。

そのときは、なにかあれば文がくるのだとばかり思っていたから、門前の印については久通は特段なにも考えてはいなかった。だが、さすがに鼠《ねずみ》の死骸など置かれるのはいやだな、という程度の願いはあった。

花を差し入れてくれるとは、如何にも女人らしい、優しい心遣いである。

「折角の美しき花の差し入れだ。ちゃんと活《い》けておけよ」

「ですが、何者ともしれぬ者の、悪戯《いたずら》でございますぞ」

久通の言葉に、半兵衛は忽ち顔を顰《しか》めたが、

「お礼のつもりかもしれぬであろう」

久通は根気よく言葉を継《つ》いだ。

「なんの礼でございます？　それに、一体誰が誰に……」

「わからぬが、この家の者が、或いは何処かで誰かを助けるような行いをしたのかもしれぬではないか」

「殿……」

「存外お前かもしれぬぞ、半兵衛？」

「え？」

「どこぞで、可愛い小娘などに親切にしたことがあるのではないのか？」

「ま、まさか……それがしに限って、断じてそのような不埒《ふらち》な行いは……」

忽ち赤面し、焦りはじめる半兵衛をその場に残し、

「では、行って参るぞ」

久通は門を出た。

半兵衛はその背に声をかけることも忘れている。

（赤くなったということは、さては、なにか身に覚えがあるのかな）

少しく浮ついた気持ちで門の外に出た久通は、しばしその余韻を楽しんだ。

編笠を被っているおかげで、どれほど巫山戯《ふざけ》てニヤニヤしていようと、その顔を人に見られる心配はない。

（もしや、あの御仁も、そういう狙いがあって、編笠を愛用されておられるのかのう）

思うともなしに思いながら、久通はぼんやり呉服橋《ごふくばし》御門を出た。そのまま真っ直ぐ呉服町を抜け、日本橋《にほんばし》方面へ向かおうとしたあたりで、尾行《つ》けられていることに気がついた。

（誰だ？）

心当たりはないが、尾行けられているとわかった以上、予定の方角には向かわぬほうがよい。

久通は呉服町の一丁目を抜けた後、二丁目の辻を左へ折れ、式部《しきぶ》小路に入り込もうと考えた。尾行者をまくには、道幅が狭い割にやたらと人の多い横町に入り込むのが手っ取り早い。

人気《ひとけ》のないところへ誘《おび》き出して片付けることも考えぬではなかったが、殺気を持たぬただの尾行者を片付ける気はしない。ここはただ、まくだけでいい、と思った。

（女人と会う前に、無用の殺生はしたくないしな）

瀬名からの連絡があった以上、久通は自ら出向いて彼女の用件を聞かねばならない。

源助を捜すことより、先ずそちらを優先しようと考えたのだが、式部小路に足を踏み入れようとしたところで、

「旦那」

耳許に低く囁かれ、久通は足を止めた。

「源助？」

「はい、源助でござんすよ」

同じく低く囁く声音で、源助は応えた。

「何故俺を尾行けている？」

「見ちゃいられねえからに決まってるでしょう」

「え？」

「なにやってんですか。そんな格好で街中うろつこうだなんて、どうかしてますぜ」

「そんな格好と言われても……」

「こんな曇りの日に編笠なんか被ってたら、人に面《つら》を見せられねえ、訳ありだって言ってるようなもんでしょうが」

「そ…れは…」

「だいたい、いま、どんだけの数の刺客が旦那をつけ狙ってるか、ご存知なんですか？」

「…………」

畳み掛ける勢いで捲《まく》したてられ、久通は容易く言葉を失った。

ここで源助と出会えたことはなによりの僥倖《ぎょうこう》だ。久通はそれを歓んでいる。だが、源助の、いつにもましてぞんざいな口ぶりが、久通には気になった。いくら馴染みの客と屋台の蕎麦屋の関係とはいえ、そこまで無礼な口をきかれるおぼえはない。だいたい、今日は蕎麦の屋台を引かず、これほど久通の側近く尾行していたとは、どういうことだ。

「蕎麦《そば》は？」

腹立ちのあまり、背中から久通は問うた。

「え？」

「蕎麦はどうした？」

「え？」

久通の無茶な問いかけに、源助は閉口する。

「何故蕎麦の屋台をひいておらぬ？」

「何故って、そりゃあ、それどころじゃなかったからで……」

「お前、このところ、屋台をひかずに俺の身辺を見張っていたのか？」

「しょうがねえでしょう。品川だの王子だの、なんの前触れもなく、突然遠出なさるんですからねぇ」

「品川と王子のときも、ついてきてくれていたのか？」

遠慮がちに久通は問うた。

「………」

「すまなかったのう、心配をかけて――」

忽ち元気のなくなってしまった久通に、なんと言えばよいか、源助は戸惑った。

源助とて、久通のためを思うが故に、彼の歓ぶ屋台を諦め、身辺警護の一事のみに心血を注ぎ込んできた。

密かに久通の身辺警護をおこなうのは、並の苦労ではない。なにしろ、久通本人に気配を覚られてしまっては、おしまいなのである。

「もう、いいんですよ。そんなこたあ」

戸惑った末に源助はまたぞんざい口をきき、

「兎に角、いまはこの場を逃れようじゃありませんか」

「え？」

「十人以上は、来てますぜ」

源助に指摘されて、久通ははじめて、己に迫る複数の殺気に気づく。

「来ておる」

そして、納得した。

「どうします？」

「え？」

「こんな細路地で襲われれば、ひとたまりもありませんぜ。それに人が多すぎます」

「そうだな」

久通は考え込んだ。通常人と人とが肩を触れねば通り抜けられぬほどの狭い路地は、複数の敵を相手にする場合、有利に戦える場所となるが、他に大勢人がいる場合は別だ。

「多くの巻き添えを出すな」

「ええ」

「なれば、逃げるしかあるまいな」

言うなり久通は、踵《きびす》を返して走り出した。

当然源助もそれに続く。

「そっちの道に入ってください」

街中の道に慣れた源助が、背後からそっと指示を出した。久通は黙ってそれに従う。

兎に角いまは、大勢と戦うには分《ぶ》が悪すぎる。

まさか、江戸の治安を守るべき町奉行の己が、自ら市中を騒がせるわけにはいかない。

「次の辻を右へ――」

それ故、源助に促されるまま、懸命に走った。

やがて久通を追う殺気の塊《かたまり》が遠く離れても、久通はなお走り続けた。

「旦那、もう大丈夫です」

源助が声を掛けてもなかなか足を止めず、漸く息が切れて自然と足が止まったのは、一刻後のことだった。

一刻後、久通は行徳河岸《ぎょうとくがし》にある船宿《川蟬《かわせみ》》の二階にいた。そこは、源助ら御庭番が、情報交換のために設けたもので、主人も使用人もすべて御庭番だということを、久通も知っている。

三

「安永八年の二月二十一日から二十四日まで三日のあいだ、なにがあったのかを調べるには、どうすればよい？」

すべてを語り聞かせた後で、久通は源助に問うた。

船宿の主人にしては些《いささ》か強面《こわもて》過ぎる老人が運んできた茶は、もうとっくに冷めているだろう。

「………」

源助は無言で久通を見返している。

久通の言葉を己の中で一語一語反芻《はんすう》し、吟味しているようにも見えるし、久通の問いがあまりに難問過ぎてなんと答えてよいか、途方に暮れているようにも見える。或いはその両方かもしれない。

「どうした？」

「わ…わかりません」

久通の語調に気圧されながら源助は訥々《とつとつ》と応えはじめる。

「わかりませんが、……兎に角、その日その場に居合わせた者たちに、もう一度仔細を訊くよりほかないんじゃねえですか？」

（それができれば、苦労はせぬわ）

久通は内心の不満を押し殺した顔で黙って源助の言葉を聞いた。すると、

「いいですかい、旦那、古いことを調べようと思ったら、その当時のことをよく知ってる人に聞くのが一番なんですよ」

源助はなにか思うことがあったのか、俄《にわか》に雄弁になる。

「だが、聞ける者がおらぬ場合はどうする？　当時の御殿医は既に死んでいる。小姓頭も何処にいるかわからぬ。聞ける者がおらぬのだ」

「そうじゃなくて、その当時ご城中におられた、全然関係ないお人に話を聞くんですよ。将軍様のお世継ぎ様が突然亡くなられたんだ。ご城中では、そりゃあ、いろんな噂が囁かれた筈です。その噂を聞き出すんですよ」

「噂を、か？」

「噂ってのは、ええもんで、たとえば十の噂がありゃあ、その中の一つか二つは真実だったりするもんです。全くなんの根拠もなけりゃあ、噂にもならねえでしょう」

「そう…かな」

久通は首を傾げたが、なんとなく、源助の言葉にも一理あるように思えてきた。なんといっても、探索を生業《なりわい》とする御庭番の言うことだ。久通自身、それを期待して源助に助けを求めたのだ。

「だが、肝心の、話を聞く相手が……」

「御殿医とも小姓頭とも関係のねえ、事件ともあまり縁のねえお方がよろしゅうござんすよ。……それでいて、お城の中ではそこそこのお部屋におられるような……つまり、その当時のご老中に近いお方……」

「そんなお人……」

困惑しつつも、久通の脳裡には一人の人物の顔が浮かんでいた。

(九年前なら、あのお方が長崎《ながさき》奉行をなされていた頃だな)

思い浮かべつつ、久通はぼんやり思った。

長崎奉行は常時二人おり、一人が長崎在勤を勤め、もう一人は江戸在府となる。江戸在府の際の詰め所は従五位下《じゅごいのげ》以上の諸大夫《しょだいぶ》が集まる芙蓉《ふよう》の間だ。遠国《おんごく》奉行の首座にして、ときの老中と、最も密な関係にあった人こそは、源助の言う人物に最も相応《ふさわ》しい。それ故、その人のことをぼんやり思うが、同時に、一別《いちべつ》以来の気まずさが重く心にのしかかる。

（とりあえず、今日はやめておこう。……瀬名殿の許へも参らねばならぬしな）

久通が思った、まさにその瞬間のことである。

「旦那」

源助が鋭い目つきで、久通を見た。

「まさか、これから、瀬名とかいう女に会いに行こうなんて思っちゃいませんよね？」

「…………」

「なんだ、図星かよ」

源助は忽ち不貞腐《ふてくさ》れたような顔をする。

「仕方ないではないか。なにか用があるから、俺を呼んでいるのだぞ。会わぬ道理はない」

源助のぞんざいな言い草に腹を立てながら久通は言い返す。

「東海寺で旦那が会ったというご生母様が本物のご生母様だと、誰が言いきれるんです？」

「え？」

完全に虚を衝かれた形で、久通は絶句した。

「だって、普通に考えてもおかしいと思いませんか？ 世が世なら、将軍様のご生母様になられていたお方でしょう。そんなお人が、たった一人の女のお供を連れただけで、お城を出て来るもんですかね？」

源助の疑問はもっともだった。

将軍家のお手つきで子のない者は、ご当代の死後、櫻田《さくらだ》御門内にある比丘尼《びくに》屋敷にその身柄を移され、大奥にいたとき同様――或いは、それ以上に厳しく拘束されて余生を過ごす。許された外出といえば、亡き将軍のご法要と、御台所《みだいどころ》への挨拶くらいなもので、それ以外は滅多なことでは許されない。

但し、子を産んだ者――お部屋様、お腹様と呼ばれる者たちは落飾《らくしょく》後も城内に留まることを許される。

子が、男子であれば、成長すれば所領を賜る。その我が子とともに御領地――或いは拝領屋敷に移る。女子であれば、嫁ぎ先へ同行するか、或いは娘に賜る化粧料で屋敷を建ててもらうこともある。何れにせよ、お部屋様、お腹様には、何れ《いず》城を出て、何処へ行こうが何をしようが自由な身分が約束されている。

だが、将軍家の後継ぎを産みながら、その子を喪ってしまった者はどうだろう。

「…………」

大奥のしきたりに不明な久通は、ただ当惑し、探るような目で源助を見返すしかなかった。

「旦那は、ご自分じゃ気づいておられねえようですが、女に甘いんですよ。……旦那をつけ狙う連中がそれに気づいて、偽のご生母様を仕立てたとも考えられるんですぜ」

「まさか、そのような……」

「ほら、そうやって、全然疑ってねえんだから呆れますね」

「だ、だが、一体なんのために？」

「旦那を狙ってる連中ってのは、つまり、お世継ぎ様を亡き者にした奴とその一味でしょう。旦那が、一体どこまで知ってるのか、気になってしょうがないんでしょうよ。……もし、なにも知らねえようなら、ほっといてもなんてことはねえ。けど、なにか知られてるなら、始末するしかねえでしょうが」

「だ、だが……何故いまになって？」

久通は夢中で問い返す。

源助の言葉が、まるで鋭い切っ尖《さき》のようにいちいち久通を刺してくる。その痛みに耐えつつ源助の言葉を待っていると、

「それは旦那が、北町奉行におなりになったからですよ」

至極あっさり、源助は応えた。

「え？」

「旦那が、目付とかそんな身分でいたあいだは、別によかったんですよ。ですが、町奉行となれば話は別です。なにしろ、ご老中ともしょっちゅう顔を合わせるんですからね。……その気になれば、お世継ぎ様暗殺の真相を表沙汰にして、その主謀者の罪を明らかにすることもできるかもしれないんです。それを恐れてるんですよ、奴らは」

「…………」

「そんなこともわからねえんですか」

とまでは、源助は言わなかったが、言われたように、久通は感じた。

(俺は矢張り無能だな……)

忽ち地の底まで落ち込みかける久通に、

「兎に角、その女のとこへはあっしが行きます。旦那は急用ができて来られなくなったから、と言って。……旦那は、お心当たりのお方のところへ行って、お話を聞かれたほうがようござんす」

畳み掛ける口調で源助は言い、

「え?」

「それで、いいですかい、旦那?」

落ち込む暇を与えなかった。

「わかった。そうする」

久通は素直に肯《うなず》くしかない。

元々、久通が源助に持ち込んだ相談事だ。源助は精一杯の思案の果てに、最良の判断をしてくれたのだ。自分から相談しておいて、その助言を聞かぬ道理はない。

「すまんな、源助」

すっかり冷めた茶を飲み干してから久通は言い、やがて重い腰を上げた。

大人になってからまで、こんな思いを味わわねばならぬとは夢にも思わなかった。

子供の頃、些細なことで喧嘩をしてしまった友人と、翌日学問所で顔を合わせねばならぬ憂鬱。その気の重さは、おそらく子供でなければ理解できまい。その意味で、久通は全くの子供であった。

大人は、些細なことでは喧嘩などしない。仮に些細なことで言い争ってしまっても、気まずくならぬうちに自ら詫びて和解する。それが、大人というものだ。

無能ではあっても、せめて大人ではありたい、と久通は思った。

四

「そちらしくもないのう、絹栄《きぬえ》」

妻が運んできた茶菓を見るなり、長門守は忽ち顔を顰めた。

「この時刻に訪ねてまいられた客人にお茶を出すとは」

「これは、申し訳ございませぬッ」

すると、四十がらみの妻女も忽ち顔色を変える。

特段器量がよいわけではないが、小動物を思わせる可憐な顔立ちに、忙《せわ》しなく変わる表情が愛らしい。縞縮緬《しまぢりめん》の着物の裾《すそ》を、当世風に長く引き摺《ず》りながらも、その挙措はキビキビとしていて、町場の女房のように小気味よかった。

「いますぐ、酒肴《しゆこう》を持って参りまする」

一応運んできた茶菓を久通と己の夫の前に並べておいて、妻女はそそくさと立ち去った。

「と、とんでもございませぬ！　それがしは客人などでは……」

久通は大いに慌てたが、

「なあに、折角はじめて当家にいらしてくだされたのだ。自慢の手料理を味わってくだされ。……こう言うてはなんですが、絹栄はなかなか料理上手《じょうず》でしてな」

長門守は悠然と構えていた。

立合も寄合も、評定所での行事は既に終わってしまっていたため、直接お屋敷を訪ねるしかなかった。気まずさを抱えながらも仕方なく訪れたところ、

「よう参られた、玄蕃殿」

長門守は満面の笑みで出迎えてくれた。

「あ、あの……」

戸惑い、焦って言葉が言えぬというのに、

「どうやら、そこらで買い食いしながら話せるようなご用件ではないようじゃの」

久通の思いつめた顔色からなにかを察したらしい。

「も、申し訳ありませぬ」

久通がその場で頭を下げ、過日の非礼を詫びようとすると、

「まあ、立ち話もなんじゃ」

半ば強引に、久通を邸内に招き入れた。

このとき、編笠に着流しの浪人姿を一瞥したため、或いは長門守の妻は、茶菓で充分と判断したのかもしれない。

「北町奉行の柳生殿だ」

と長門守が紹介したとき、明らかに狼狽《うろた》えていた。

「それで、一体如何なされた、玄蕃殿？」

と問うてもらってから漸く、久通は訥々《とつとつ》と本日彼を訪れた理由を語り出した。

長門守が、妻に向かって「酒肴の仕度をせよ」と命じたのは、ていのよい人払いにほかならない。料理自慢と言われてしまえば、それなりの料理を用意するしかなく、それには些かの時を要する。

久通の顔色から、おおよその話の長さを察した長門守は、そんな形で、己の妻すら部屋から遠ざけてくれた。その心遣いに内心震えながら、久通は話した。

どこからどこまで、などとは思わず、すべてを、話した。

「…………」

すっかり話し終えたときも、長門守は、話しはじめたときと全く変わらぬ顔つきであった。

じっと虚空を見据えているのは、一心に記憶を手繰《たぐ》っているからに相違ない。

「安永八年二月、それがしは江戸在府でしたな」

漸く手繰《たぐ》り寄せると、先ず言った。

「ま、まことに？」

「竹千代様が、鷹狩りに出られて突然亡くなられた。あれは、まことに悲しいことでござった」

長門守の言葉を、久通は無言で聞いた。

「竹千代様を亡き者にせんとして何者かが毒を盛ったのではないか、とも囁かれた。主謀者として真っ先に名があがったのは、ときのご老中・田沼様――」

「長門守様や、長門守様のまわりの……諸大夫の方々は、その噂を信じておられましたか？」

「いや、他の者は知らぬが、それがしは、とくに田沼様と親しかったわけではござらぬが、もし毒殺の噂が事実だとしても、主謀者は田沼様ではないと信じておりましたよ」

「何故そのように思われます？」

「安永八年当時田沼様は、ご権勢の絶頂にあられた。竹千代様のご生母は、そもそも田沼様のご推挙にて大奥にあがったお方。竹千代様が将軍家となられたとしても、なんの問題もござらぬ。それ故、田沼様が、竹千代様を亡き者にする理由は全くないのでござるよ。田沼様は、無駄なことはなさらぬお方でござる」

「しかし、潔癖なご気性の家基様は、ご老中の…田沼様の政《まつりごと》を嫌い、ご自身が将軍となられた暁《あかつき》には、田沼様を遠ざけるのではないか、とも言われておりました」

「それこそ、埒《らち》もない噂でござるよ。……玄蕃殿は一度でも、竹千代様が田沼様を悪く言われるのを聞いたことがございますかな。田沼様を嫌っているご様子でしたか」

「いえ、それは……」

久通は言い淀んだ。

確かに、家基の口から直接田沼の悪口など聞かされたことはない。だが、それは家基のあの清廉な気性故、本人のいないところで無用の悪口など口にしたくはなかっただけのことだろう。本心ではどう思っていたかなど、久通の知るところではない。

「確かに、ご聡明な竹千代様は、家臣の前で老中の悪口など漏らされますまい。ですが、ご指南役の貴殿には、相当お心をゆるされていた筈です。それ故貴殿とて、知ろうと思えば、いくらでも竹千代様のご本心を知ることができたのではござらぬか？」

「…………」

確かに、久通が問えば、家基はなんでも正直に答えてくれただろう。

だが、剣術指南役としての分を弁《わきま》えるならば、政治むきのことなど無闇に口にするものではないと久通は考えていた。それ故一度も、家基とはその種の話をしたことがない。

(俺は一体なんのために家基様にお仕えしていたのだ)

家基の死を知った瞬間に味わったのと同じ虚しさが、再び久通の体内に甦《よみがえ》った。あのときも結局、家基のために何一つ為せず、九年の時を経たいまも、相変わらずなにも為せそうにない。

「玄蕃殿」

虚しく押し黙ってしまった久通を長門守はしばらく無言で見守っていたが、やがて見かねたように声をかける。

「貴殿のようなご指南役に剣を学ばれて、竹千代様はお幸せな日々を過ごされたことと思いまするぞ」

「え？」

「ご病床にあられたお父君のことも案じられましたでしょうし、何《いず》れお継ぎになられる将軍職のことを思えば、お世継ぎ様の背負われたご重責は如何《いか》ばかりであられたかと。……師である貴殿の言葉に耳を傾け、無心に剣の稽古をしているあいだだけは、すべてを忘れていられたのではありませぬかな」

「………」

「それ故、将軍の座にお就きになることなく身罷《みまか》られた竹千代様のご生涯は、決して虚しいものでも儚《はかな》いものでもなかった、とそれがしは思います」

「長門守様……」

「それがしに言えるのは、せいぜいこれくらいのことにすぎぬが。……玄蕃殿が、最も聞きたいであろう言葉でなくて申し訳ない」

「い、いいえ」

久通は激しく頭《かぶり》を振り、嗚咽を堪えた。

「いいえ…長門守様、もう…充分でございます」

震える声音をどうにか絞り出した久通の耳に、さやさやと廊下を来る衣擦《きぬず》れの音が聞こえた。長門守の妻女が酒肴を運んでくる足音に相違なかった。

（源助は瀬名殿に会えたであろうか）

微酔《ほろよ》いの機嫌の良さも手伝ってか、久通は暢気《のんき》にそんなことを思いながら帰途についた。

半ば覚悟していたことだが、長門守の前で酒を断ることは、矢張りできなかった。

「酔って帰ると、家人に叱られます故――」

懸命に断ろうと努《つと》めたが、

「なにを言われる。一人身の貴殿には、角《つの》を生《は》やした女房殿などおらぬではないか」

と言われてしまうと、前回のこともあり、断りきれなかった。

仕方なく、

「では一杯だけ、頂戴いたします」

と盃《さかずき》を承《う》け、はじめて目にする膳の料理に箸《はし》をつけると、そのあまりの美味《うま》さに、久通は目を丸くした。久通には名もわからぬ魚と、季節柄《がら》何種類かの茸《きのこ》の炊き合わせだ。絶妙の味加減であった。

(なんだ、これは。長門守様が連れていってくだされた店の料理と変わらぬ美味さだ)

美味い料理を口にすれば、即ち酒がすすんでしまう。

一合二合と勧められるままに飲み、出された料理もすべて平らげた。

「はじめて伺ったお宅で、とんだ長居をいたしました。どうか、お許しを――」

妻女に詫びて柘植邸を辞去したとき、既に日は暮れ落ちている。確実に、一時《いっとき》以上は過ごしてしまった。

（船宿に戻って、源助から話を聞かねばならんが、酒を飲んできたと知ったら、嫌な顔をされるかもしれぬなぁ）

それを思って些か憂鬱になったところで、久通は漸く尾行者の足音に気づいた。

（一人だな）

とわかると、忽ち安堵した。

長年の経験である。一人で襲ってくる刺客は、先ずいない。狙う相手の腕前のほどにかかわらず、確実に仕留めたいなら、複数で一度に襲わねば無理だ。騒がれるかもしれないし、急に人が来ぬとも限らない。一人で襲ったのではその場合の対処ができない。それ故、確実を期す暗殺であれば、少なくとも三人以上で襲う。

一人で襲うのは、せいぜい、得物を持たぬ町人を相手とする辻斬りだ。浪人風体《ふうてい》とはいえ、二刀を手挟《たばさ》んだ久通に、まさか辻斬りが目をつけるとは思えなかった。

（了見違いに気づいて、立ち去ったか）

少し歩くと、やがて足音も気配も完全に消えた。

行徳河岸《ぎょうとくがし》に向かうか、そのまま御門内を目指すか定まらぬままに、久通は本所《ほんじょ》から深川《ふかがわ》あたりをうろうろしていた。

人気《ひとけ》のない堀端を歩いていて、なんとなく目の前にある橋を渡ろうとしたとき——。

「…………」

橋の先に、突然敵が出現した。

（え？）

渡った橋の先で待ち受ける人影は、明らかに敵だった。憎悪と殺意をありありと漲《みなぎ》らせ、刀の鯉口《こいぐち》を切っている。

（人違いか？）

思って踵を返そうとしたその刹那、僅《わず》かに雲が晴れ、その男の顔が窺《うかが》えた。

（あいつか——）

いつぞや、若僧数人を捨て石に久通を襲い、更に後詰めを用意し、万全を期したにもかかわらず、通りすがりの編笠の武士に邪魔をされ、すごすごと逃走した卑怯者。

久通が最も憎む類《たぐい》の刺客であった。

どういうつもりか今日は全身に、夥《おびただ》しい殺気を漲らせている。その癖、あくまで無表情を装っているのが、小面憎《こづらにく》い。

久通は足を止め、約三間ほどの長さの橋を挟んで、そいつと対峙した。

「今宵は一人か？」

わざと、挑発する口調で久通は問う。

「それとも、何処かに後詰めがおるのかな？」

「…………」

久通の嘲弄《ちょうろう》が引き金となったか、男は無言で抜刀した。

「はじめから、こうすればよかった」

口走りつつ、橋を渡ってくる——。

「《剣客奉行》の名を恐れるがあまり、無用の策を弄しすぎた。……一対一で戦っても、儂なら勝てる！」

言いざま男は、跳躍した。その自信が、はじめから殺気をむき出しにしている理由であろう。

大股でぐいぐい走ってきたから、男は既に橋を渡りきっている。久通は鯉口を切っただけで、未だ刀を抜ききってはいない。

それを、戸惑い、対応が遅れた故の久通のぬかりだと、男は思った。

「死ね！」

跳躍と同時に、男は大上段から刀を振り下ろしてくる——。

勝ちを確信した大振りの切っ尖を僅かに身を捻るだけで容易に躱《かわ》しざま、久通は抜刀した。

ずざッ、

抜き打ちの一撃が、瞬時にそいつの頸動脈を両断している。

「…………」

男は声もなく久通の足下に頽《くずお》れた。

その骸《むくろ》を、久通は酔いの醒めた冷たい目で見下ろした。

(生かしておけば、雇い主の名を吐いたかな?)

思ったところで、あとの祭りだった。

強敵だった。本人も自信を持っていたとおり、こちらも本気で迎え討たねば、危ういところであった。もしチラッとでも、相手を生かして捕らえようなどという欲を出せば、どうなっていたか、わからない。

そして、家基毒殺の主謀者が、田沼意次ではない、という長門守の主張も、強ち根《あながち》拠のないことではないように思えた。腕のよい刺客を雇うには、それなりの力と金が必要だ。老中の地位を逐われ、尾羽打ち枯らして蟄居中の田沼意次に、いま久通の足下に転がるほどの者を雇い入れ、大掛かりな罠を幾重にも仕掛けられるとは思えなかった。

五

定信は容易に笑いやまなかった。

「ああ…腹が痛い……」

笑いすぎた挙げ句、遂には息を切らして苦しがるのを、久通は黙って見守るよりほかなかった。

「風間が…あの風間が……」

(そんなに笑わなくてもよいではないか)

内心の苦情を口に出すことのできぬ久通は、ただただ困惑するしかない。

「なに、風間が御庭番だと?」

そのとき定信は、文字どおり、狐《きつね》に摘まれたような顔をしてみせ、次いで弾かれたように笑い出した。

「風間が、御庭番のわけがないではないか」

年齢相応の明るい笑い声を充分すぎるほど放ったあとで、定信は言った。

「では、何故風間を、当家にお遣わしになられたのです？」

「内与力が必要だと思ったからだ。それ以外に、他意はない」

「ですが、ご老中から遣わされた者でございますから、当然御庭番だと思うではありませぬか」

久通は懸命に言い募った。殆《ほとん》ど弁疏《べんそ》である。

「風間はな、あのとおりの生真面目な男だ。算盤《そろばん》勘定に優れ、家事全般をそつなくこなせる故、行く先々で重宝《ちょうほう》される。それが、なんの因果か、仕える家の主人が、刃傷沙汰を起こしたり、切腹させられたりということが続いてのう、すっかり落ち込んでしまったのだ。……己こそが、不吉な貧乏神なのではないか、とな」

例によって、火の入っていない火鉢の中、無意識に火箸を弄《いじ》くりながら定信は言う。

「お台所の下働きでよいから、ずっとこちらで使ってください、と泣きついてきたのだ。だが、あれほどの才、台所方で終わらせるのはあまりに不憫《ふびん》に思うてな。次に紹介する家の主人は絶対に大丈夫だから、と言い聞かせて、そちのところへ行かせたのだ」

「絶対だなどと、そんな無責任な……」

久通はさすがに苦情を述べる。

「ご老中のお言葉を信じて当家に参りましたのに、今度も又、いつ死ぬかもわからぬ危うい主人であるとわかり、風間は落胆しておりまする」

「そうかな」

「そもそもご老中は、如何なるいきさつで風間と知り合ったのでございます？」

「まあ、なりゆきだ」

と久通の疑問を軽くかわしておいて、

「それはそうと、そちの前に現れた蓮光院殿は、矢張り贋物であったのか？」

久通が容易に答えられぬ問いを発してきた。

「それがしには、わかりませぬ」

久通は頭《かぶり》を振ったが、定信自身は、既に源助からの報告を受けている。

畏《おそ》れ多くも、将軍家御世嗣のご生母を名乗った女が、一味の手先であることは明白だった。久通の身辺警護をしていた源助が、そのとき一部始終を目撃していたのだ。

但し、通りすがりの編笠の武士に目をつけ、加勢を頼んだのは、全くの偶然であった。女が加勢を頼む相手は、別に誰でもよかったのだ。手の込んだ方法で久通を騙して東海寺へ誘い、騙《だま》し、果ては久通を葬《ほうむ》ることが目的であったのだから。

だが、源助がそのことを久通に明かさなかったように、定信もまた、明かすつもりはなかった。これ以上、久通を傷つけ、打ちのめす必要はない。

「家基殿は、毒を盛られて殺された」

殊更に冷淡な口調で、定信は述べた。

「だが、毒を盛った主謀者は、未だわからぬ」

「………」

久通には答えられなかった。

「それが、すべてだ」

「はい」

久通は力無く肯いた。

「まだ、気がすまぬか？」

と問われ、久通は顔をあげることができなかった。勿論知りたいし、ゆるされるなら、まだまだ調べてみたい気持ちはやまやまだ。

だが、町奉行という責任ある職務にある以上、これ以上勝手な真似は許されない。

「いえ、それがしには奉行の職があります故、もうこれ以上は……」

「よいのか？」

定信はなお久通に問う。

「こんな答えでは、そちは到底納得できぬであろう」

「納得できるかできぬか、ということであれば、終生納得などできますまい」

「…………」

「ですが、もうよいのです」

久通は一旦目を伏せ、

「これ以上、それがしが手を拱《こまね》くことを、あのお方も望んではおられませぬ」

再び定信を見返したとき、強い意志のこもる声音で久通は言った。

「玄蕃……」

「ところでご老中、一つお伺いしたいことがございます」

まだなにか言いかける定信を制して、久通は自ら述べた。

「なんだ？」

「木村采女の消息をご存知ではありませぬか？」

「小姓頭の木村か」

「はい」

「知らぬな」

「…………」

「知らぬが、おそらく生きてはいまい」

「消されたのでございますか」

「わからぬ……あの件に関わった者は皆死んだ。わかっておるのはそれだけだ」

という定信の言葉を、虚《うろ》のような心で久通は聞き流した。

しばらく項垂れ、己の表情を定信に見せぬようにしていたが、ふと顔をあげると、

「それはそうと、もう一つ、ようございますか？」

「なんだ？」

定信は無表情に訊き返す。

「《蜻蛉小僧》を捕らえるよう、御庭番にお命じに？」

「ああ、あの義賊気取りの巫山戯《ふざけ》た盗っ人だけは、これ以上のさばらせておくわけにはゆかぬ」

「たかが盗っ人にございます」

「民に対して徒《いたずら》に金をばら撒き、人心を惑わす者は、最早《もはや》一介の盗っ人ですますわけにはゆかぬ。……《蜻蛉小僧》とやらのせいで、殺しまで起こっておるそうではないか」

「そ、それは……」

「まあ、よい。……火盗も必死に追っているようだし、近いうちに必ず捕らえることになるだろう」

いつもの強い口調で言いきってから、だが定信はふと顔つきを和らげ、

「そういえば、源助が面白いことを申しておったな」

そのことが余程可笑しいのか、含み笑いすら漏らしはじめた。

「源助が、なにを？」

「そちは、女が絡むと妙に張りきるそうだ。日頃は堅物のふりをしているが、根は相当な女好きなのだろう、と言っておったぞ」

「…………」

久通は真っ赤になって絶句した。

（源助め、余計なことを……）

※　※

蜻蛉小僧が、火盗改の手によってお縄となった——。

その報は、一夜にして江戸の市中を席巻《せっけん》した。

すべての読売が、それを記事にして町じゅうで売り歩いた。どの読売の瓦版も飛ぶように売れた、という。日頃は読売など相手にせぬような者たちまでが買ったというから、義賊《蜻蛉小僧》の名は、それほど世に知れ渡っていたのであろう。

味を占めた読売は、それから数日間、手を変え品を変えて、《蜻蛉小僧》捕縛に関する記事を書きまくり、売りまくった。

が、何故かその後の報は一切伝わらなかった。

どのような刑に服したのか、或いは刑死したか。

何一つ、市中には伝わってこない。

そもそも奉行所と火盗のあいだには日頃からなんの交流もないため、どうなりました、と訊ねるわけにもいかない。

「まこと、《蜻蛉小僧》は捕らわれたのであろうか？」

遂にたまりかね、ある日とうとう、久通は和倉に問うてみた。

「或いは、功に逸《はや》った火盗が、虚偽の報を流したのやもしれませぬ」

和倉は一向平然としたものだった。

「いくらなんでも、そんなことはしないだろう」

「いいえ、火盗なれば、それくらい、やりかねませぬ」

「偏見が過ぎるぞ、和倉」

遂にたまりかねて、久通は和倉を窘めた。

本来久通は、部下とは雖《いえど》も、年長者の和倉に対して尊大な口はききたくない。きき
たくはないが、思わず口走らねばいられぬほどに、和倉の言い草は酷《ひど》かった。

久通の語気の強さに一瞬間言葉を呑み込んでから、

「もし虚偽でないとすれば、見込んだのでございましょう」

深く息をつくように、和倉は応えた。

「見込んだ？」

「見込んだ者を、密偵として取り込むのでございますよ。……ですが、これほど世間
の話題にのぼった者を、すぐに密偵として使うことはできませぬ」

「何故だ？」

「同じ盗賊仲間から、密偵だと見抜かれては、なんの意味もないからでございます。

火盗に捕らえられた、ということは世間に知れてしまいましたし――」

「なるほど」

「それ故、しばらくは牢に入れ、沙汰が決まり、身柄を移す際に、わざと逃がします。

……殺しの罪を犯していない盗っ人については、重くてせいぜい遠島あたりが妥当で

ございましょう。一度は島に流されたが、そこから逃亡した、という筋書きが多うございますな。命懸けで流刑地を脱出し、己を捕らえた火盗への復讐を誓って江戸に舞い戻ったとなれば、箔《はく》もつきますし――」

「そこまでするのか、火盗は……」

「奴らは、目的のためなら手段を選びませぬ。まさに、血も涙もない、虎狼《ころう》の群れでございます」

という和倉の言葉を、半ば感心して久通は聞いた。

(和倉の言うとおりであれば、そんな虎狼の群れを率いねばならぬ先手組《さきてぐみ》の組頭とは、なんと因果な務《つと》めであることか。……町奉行のほうがまだましかもしれぬ)

とさえ思った。

久通のそんな心中を、和倉は知らない。

知らぬままに、気安く口走る。

「しかし、命惜しさ、或いは遠島が恐くてあっさり火盗の手先になったとすれば、《蜻蛉小僧》も、たいした者ではございませなんだな」

(あっさりかどうかは、わからぬではないか)

無論口には出さず、久通は思った。

むざむざ刑死するよりは、宿敵であった火盗の手先となっても、命を長らえたい。遠島先で苦労したくない。或いは、そう思う者も、あるだろう。

だが、火盗改とは、本当に和倉が言うように外道《げどう》なだけの組織なのだろうか。

少なくとも、庶民の平穏な暮らしを守るため、必死に悪を駆逐しようとしているのではないか。それこそ、心身を抛《なげう》って、勤めを果たそうとしているのではないか。血も涙もない虎狼の群れであったとしても、その働き故に救われる者もいる。一人でも多くの者が救われるのであれば、それだけで、火盗の存在する意味はある。

(いつか、会ってみたいものだな)

久通はぼんやり思った。

虎狼の群れを率いる火盗の頭《かしら》。果たしてどんな人物か、久通には想像もつかないが、会って話せば、存外うまが合うかもしれない。

(虎狼の頭では、それこそ苦労が絶えぬであろうからな)

久通は思い、退出しかける和倉に向かって、ふと、

「のう、和倉、釣りは好きか？」

問いかけていた。

「釣りでございますか？」

鸚鵡《おうむ》返しに応じた和倉の顔は明らかに困惑している。或いは、久通から釣りに誘われている、と思ったのかもしれない。

「これまでのお奉行様に誘われまして、何度かご一緒したことはございますが……」

「夜釣りに行ったことはあるか？」

「いえ、夜釣りはございませぬ」

「そうか」

久通は肯き、次の書面へと目を落とした。

少しの間、職務を離れて勝手なことをしていたため、目を通していない捕物帖が結構溜まってしまった。

全部目を通すには、丸一日はかかりそうだった。

時代小説

二見時代小説文庫

消《き》えた御世嗣《およつぎ》 剣客奉行《けんかくぶぎょう》 柳生久通《やぎゅうひさみち》 3

著者 藤《ふじ》 水名子《みなこ》

発行所 株式会社 二見書房
東京都千代田区神田三崎町二－一八－一一
電話 〇三－三五一五－二三一一［営業］
〇三－三五一五－二三一三［編集］
振替 〇〇一七〇－四－二六三九

印刷 株式会社 堀内印刷所
製本 株式会社 村上製本所

落丁・乱丁本はお取り替えいたします。
定価は、カバーに表示してあります。

©M. Fuji 2020, Printed in Japan. ISBN978－4－576－20045－3
https://www.futami.co.jp/

藤 水名子

火盗改「剣組」

シリーズ

完結

①鬼神 剣崎鉄三郎
②宿敵の刃
③江戸の黒夜叉

《鬼平》こと長谷川平蔵に薫陶を受けた火盗改与力剣崎鉄三郎は、新しいお頭・森山孝盛のもと、配下の《剣組》を率いて、関八州最大の盗賊団にして積年の宿敵《雲竜党》を追っていた。ある日、江戸に戻るとお頭の奥方と子供らを人質に、悪党たちが役宅に立て籠もっていた…。《鬼神》剣崎と命知らずの《剣組》が、裏で糸引く宿敵に迫る！

藤 水名子

隠密奉行 柘植長門守 シリーズ

伊賀を継ぐ忍び奉行が、幕府にはびこる悪を
人知れず闇に葬る！

完結

①隠密奉行 柘植《つげ》長門守《ながとのかみ》 松平定信の懐刀
②将軍家の姫
③大老の刺客
④薬込役の刃
⑤藩主謀殺

旗本三兄弟事件帖

完結

①闇《やみ》公《く》方《ぼう》の影
②徒《かち》目《め》付《つけ》 密命
③六十万石の罠

与力・仏の重蔵

完結

①与力・仏の重蔵 情けの剣
②密《い》偵《ぬ》がいる
③奉行闇討ち
④修羅の剣
⑤鬼神の微笑

女剣士 美涼

完結

①枕橋の御前
②姫君ご乱行

二見時代小説文庫

早見 俊

勘十郎まかり通る

シリーズ

以下続刊

① 勘十郎まかり通る　闇太閤の野望

② 盗人の仇討ち

向坂勘十郎は群がる男たちを睨んだ。空色の小袖、草色の野袴、右手には十文字鑓を肩に担いでいる。六尺近い長身、豊かな髪を茶筅に結い、浅黒く日焼けしているが、鼻筋が通った男前だ。肩で風を切り、威風堂々、大股で歩く様は戦国の世の武芸者のようでもあった。大坂落城から二十年、できたてのお江戸でどえらい漢が大活躍！待望の新シリーズ！

二見時代小説文庫

牧 秀彦

評定所留役 秘録 シリーズ

以下続刊

① 評定所留役 秘録 父鷹子鷹
② 掌中の珠
③ 天領の夏蚕《かさん》
④ 火の車
⑤ 鷹は死なず

評定所は三奉行（町・勘定・寺社）がそれぞれ独自に裁断しえない案件を老中、大目付、目付と合議する幕府の最高裁判所。留役がその実務処理をした。結城新之助は鷹と謳われた父の後を継ぎ、留役となった。父、弟小次郎との父子鷹の探索が始まる！

二見時代小説文庫

森 詠

北風侍 寒九郎

シリーズ

以下続刊

① 北風侍《さむらい》 寒九郎 津軽《つがる》宿命剣

② 秘剣 枯れ葉返し

③ 北帰行

旗本武田家の門前に行き倒れがあった。まだ前髪も取れぬ侍姿の子ども。小袖も袴もぼろぼろで、腹を空かせた薄汚い小僧は津軽藩士・鹿取真之助の一子、寒九郎と名乗り、叔母の早苗様にお目通りしたいという。父が切腹して果て、母も後を追ったので、津軽からひとり出てきたのだと。十万石の津軽藩で何が…？ 父母の死の真相に迫れるか!? こうして寒九郎の孤独の闘いが始まった…。

二見時代小説文庫

井川香四郎

ご隠居は福の神

シリーズ

以下続刊

①ご隠居は福の神
②幻の天女

「世のため人のために働け」の家訓を命に、小普請組の若旗本・高山和馬は金でも何でも可哀想な人たちに分け与えるため、自身は貧しさにあえいでいた。ところが、ひょんなことから、見ず知らずの「ご隠居」を屋敷に連れ帰る。料理や大工仕事はいうに及ばず、体術剣術、医学、何にでも長けたこの老人と暮らすうち、和馬はいつしか幸せの伝達師に！「ご隠居」は何者？ 心に花が咲く新シリーズ！

二見時代小説文庫

森 真沙子

柳橋ものがたり

シリーズ

以下続刊

①船宿『篠屋』の綾 ③渡りきれぬ橋
②ちぎれ雲 ④送り舟

訳あって武家の娘・綾は、江戸一番の花街の船宿『篠屋』の住み込み女中に。ある日、『篠屋』の勝手口から端正な侍が追われて飛び込んで来る。予約客の寺侍・梶原だ。女将のお簾は梶原を二階に急がせ、まだ目見え(試用)の綾に同衾を装う芝居をさせて梶原を助ける。その後、綾は床で丸くなって考えていた。この船宿は断ろうと。だが……。

二見時代小説文庫